JN188875

The Space We're In

ぼくたちは宇宙のなかで

カチャ・ベーレン 作　こだまともこ 訳

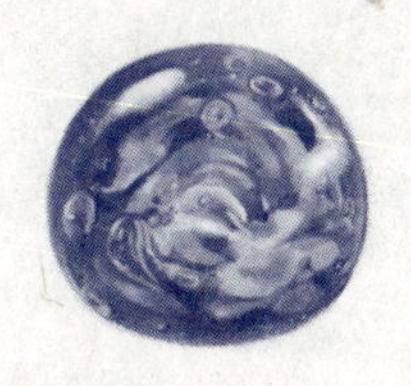

評論社

THE SPACE WE'RE IN
by Katya Balen

First published in Great Britain in 2019 by
Bloomsbury Publishing Plc

Japanese translation rights arranged with
Katya Balen c/o Felicity Bryan Ltd, Oxford, U.K.
through Tuttle-Mori Agency, Inc., Tokyo.

装画／嶽まいこ
装丁／内海 由
暗号図（P.3）／角口美絵

ぼくたちは宇宙のなかで

両親とパトリックへ

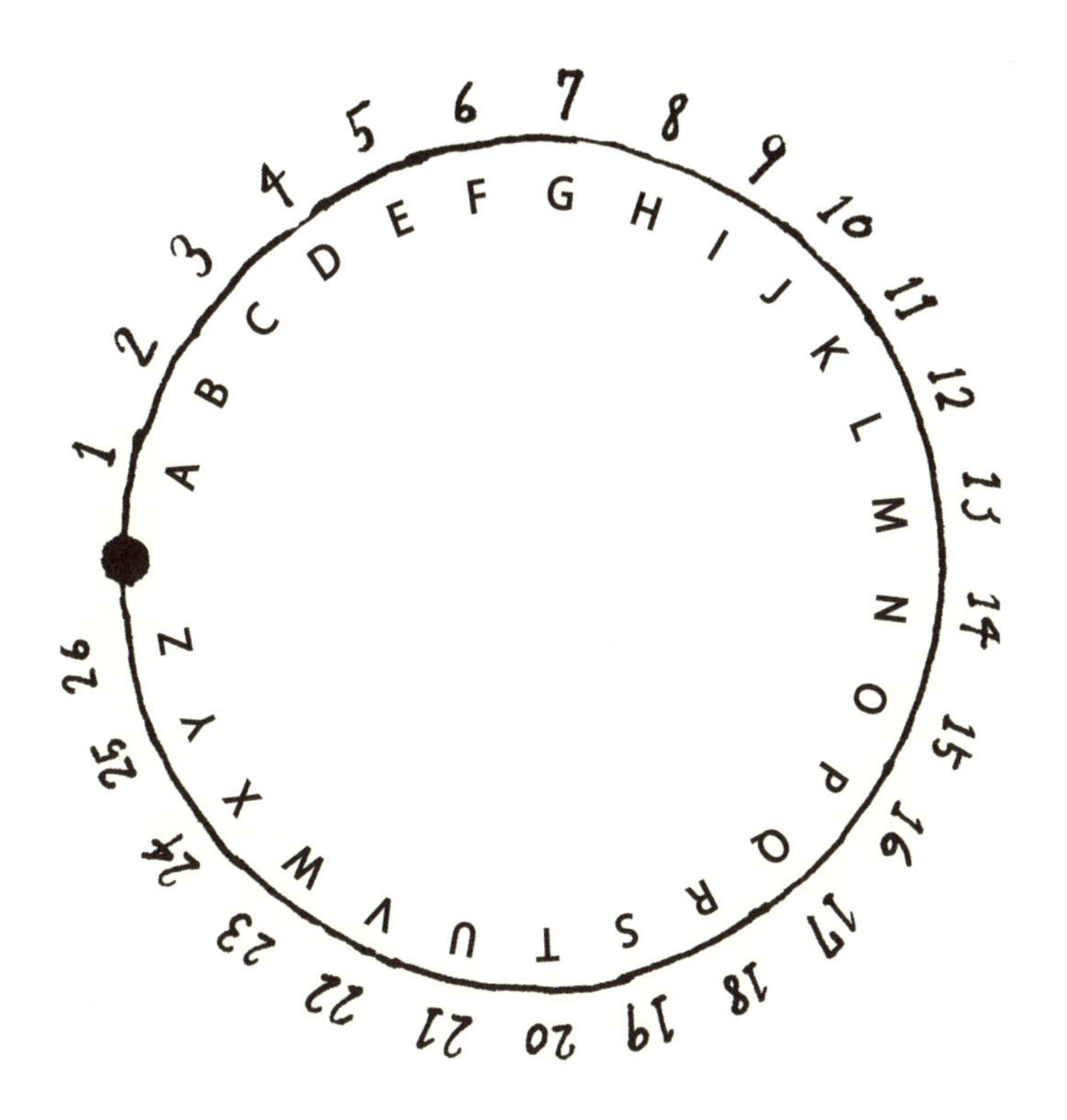

＜フランクのスパイラルサイファー＞

＊暗号表。章のタイトルには、この暗号が用いられている。

13　5　12　20　4　15　23　14

meltdown

メルトダウン

ぼくは十歳で、マックスは五歳。

あと二十六日たつとマックスの学校がはじまるから、新しい学校のための新しい靴を買いに行く。ぼくとママは前もって、マックスのかたいプラスチックでできた本をチェックしておいた。その本には、マジックテープが裏についた小さなカードを貼れるので、カードの絵を見れば、いまなにが起こっていて、つぎになにがあるのか、マックスにもわかる。うちから外に出るときには、これからなにが起こるのかマックスが知らなきゃいけないから、首にかけるすべすべしたブルーのストラップがついているけど、本は重いし、プラスチックのページのカチカチいう音がマックスはきらいなので、いつもママがかわりに持っている。ママは、うちを出る前に靴と店のカードを見せてから、マックスの心の準備ができるように、これから行く店をグーグル・ストリート・ビューを使ってぼくといっしょに世界じゅう探しまわったけど、けっきょく見つからなかったから、もう心配で、心配でたまらないという顔になった。で、ぼくがグーグル・ストリート・ビューでエジプトに行って、マックスに画面を見せたけど、ぴょんぴょんとびはねていたから、ピラミッドは見られなかったんじゃないかな。というわけで、ぼくたち三人はいま、車のなかにいる。**新しい学校と、新しい靴よ**と、ママがマックスにいった。マックスは生まれてから一度もしゃべらないから返事をせず、フンフン鼻を鳴らしているばかりで、ぼくがやめろといってもやめようとしない。

ぼくのほうは新しい学校に行くわけじゃないけど、新しい靴を買ってもらえる。わけがわからなくなるといけないので、マックスにぼくは新しい学校に行かないんだと話してきかせた。**おまえが、だよ。おまえが新しい学校に行くんだからね。**でもマックスは、フンフンをやめようとしない。だまれといったけど、ママはいつもみたいに**フランク、弟にだまれっていったらダメでしょ**とはいわなかった。マックスの新しい靴と新しい学校のことで、頭がいっぱいなんだ。

店に着くと、壁ぎりぎりに車を停めてしまったから、ママがマックスを外に出すまですわって待ってなきゃいけなかった。ママがマックスに赤ちゃんがするようなハーネスをつけているのを見ながら、**いざ、出発！**っていったけど、ママは笑わない。マックスは、両手をパタパタさせている。ママがプラスチックの本に貼ったカードを見せ、**新しい靴を買うんだぞ！**ってぼくも教えたけど、マックスは気に入らないようだ。ママは両手を使って**新しい**といってから、**はじめての靴、それからビスケットね**と手話でいってるけど、マックスは見ていないから、わかっていない。

店に入っても、マックスがまだフンフンいっているので、みんながこっちを見ている。前はみんなにマックスはしゃべっているんだと説明したけど、いまはもういわない。店は広い。マックスには広すぎる。知っているひとがひとりもいないからハッピーって思ったけど、にっこり笑っちゃうようなハッピーとはちがう。ハイトップで靴ひもが長いクールなスニーカーを見にいき、持ちあげてママに見せたのに、ママはダメっていわない。店員さんに、ぜったいにマックスの足にはさわらないで、でもサイズは2だと思うと念をおしていたからだ。店員さんは、サイズをはかりたいといっている。足に合わない靴を売るのはいやだし、そのほうがとりかえにくる手間をはぶけるから、だって。ママは笑顔で、でも本当に笑っているわけじゃなく、マックスがいまはいているのと同じ靴のもう少し大きいのが買いたいだけで、とりかえに来なきゃいけないときは、そうするからだいじょうぶといっている。

マックスのフンフンがますます大きくなり、両手をあげているだけじゃなく、大きくパタパタさせはじめたから、もう店を出なきゃいけないと思った。ママはマックスに手話で話しかけ、パタパタをやめさせようと両手でぎゅっとつぶせるボールをわたす。ぼくはまだ学校に行く靴じゃなくて、✓印（ナイキのロゴマーク）のついたスニーカーを見ている。マックスがこんなにいやがっていたら、ぼくも今日は学校に行く靴を買ってもらえっこないから。

店員さんは、ママの返事が気に入らなかったみたいで、マックスに**こっちに来て、あんよをちょこっと見せてね**といった。だまれとどなりたかったけど、なんにもいいたくなかったからハイトップのスニーカーを見て、ブルーの靴ひものを選ぶ。手にとってサイズを見たら、ぼくにぴったりだ。店員さんは、しゃべりつづけている。**サイズをはかるのをいやがるお子さんって、たくさんいらっしゃるんですよ。いえいえ、だいじょうぶですって。ぼうやは勇敢ですから、勇敢なお子さんに差しあげるステッカーがありましてね。サッカーはおすき？** 店員さんは、サッカーのステッカーを手に持っている。**ぼっちゃん、サッカーをするの？ 応援しているチームは？ ほうら、マッチアタックス**（サッカーのトレーディングカード。ゲームもできる）**はすきでしょ。小さいお子さんはみんなだいすきよね？** あんまりたくさんの言葉が耳にとびこんできたせいで、マックスのメルトダウンがはじまった。

マックスがこうなるのを、どうしてメルトダウンっていうんだろう。メルトダウンって溶けるってことだけど、氷が溶けて水たまりになったって、どうってことない。だけど、マックスが溶けたらもう、世界一やっかいで、全身から骨がはじけだすんじゃないかって思ってしまう。ぎゅっとにぎった両手を、ガシガシ、ガシガシ、ガシガシかんで、フンフンが悲鳴に変わり、胸から、鼻から、口からとびだす。全身が怒りのかたまりになっているから、自分も、みんなも、なにもかも、どこにいるのかだって忘れてしまう。

店じゅうのひとたちが、怒って両手をかんでいる男の子をじっと見ている。みんな、おとなだろ？　ひとのことをじっと見たりしたら、行儀が悪いだろ？　店員さんは、もうなにもいわない。ぼくは、ひとのことをじっと見たりしない。ママは、また手話で**もうおしまい、もうおしまい、もうおしまい**といい、口でもくりかえしている。それから両手で、水たまりじゃなく、こわばった小さな体をだきあげた。でも、マックスは足をけりあげ、あばれたり体をよじったりしながら、**シューッ**とヘビみたいな声を出している。自分が出してる音を聞きたくないから、耳に指をつっこんでいる。ママはマックスをだいたままドアをおして外に出ると、下におろし、とびはねているマックスのハーネスをにぎった。

ぼくは、ブルーの靴ひもがついた✓印のスニーカーを棚にかえした。

はい、これでおしまい、おしまい、おしまい。

3　18　15　19　19

cross

怒っている

ママは店員さんのことをかんかんに怒っているけど、ぼくにはなにもいわない。ぼくだって、めちゃくちゃ、しゃくにさわっている。マックスがバランスをとりながらやっとやっと綱(つな)わたりしているのに、店員さんは、何度も、何度も、何度も話しかけ、綱から落としてしまったからだ。**またにしましょうね**とママがいった。**また別の日にね。**つまり、パパが店に行って、なにもかもやってくるってことだ。そのあいだマックスはうちにいて、目がまわるまでくるくる回転したあと、まわりでまわっているものをじっと見つめているんだろうな。

ママは、マックスだけの本にくっついていたマックスだけの靴のカードをベリベリはがすと、きらいな絵を入れておくプラスチックのフォルダーに入れた。フォルダーはもう、ぱんぱんになっている。それから、マックスだけの特別な、おすと小さくブンブン鳴く虫のおもちゃをわたした。

自分だけの特別な物を、マックスはどっさり、どっさり持っている。

マックスだけの**特別な**本
　表紙もページもプラスチックで、いまなにが起こっていて
　これからなにが起きるかわかるように
　絵を描(か)いたマジックテープつきのカードを貼(は)ることができる

マックスだけの**特別な**プラスチックのカード
　自分がもらいたい物を絵で示(しめ)せるように
　アンジェリークさんがカードを使って教えている

マックスだけの**特別な**箱
　明かりがついたり、くるくるまわったり
　ぴかぴか光ったりするものが、どっさり入っている

マックスだけの**特別な**、ぎゅっとにぎれるボールや

ぴかぴか光るチューブや、ブンブン鳴く虫のおもちゃ
どれも、マックスを落ちつかせるときに使う

ぼくが持っているのは
サッカーでもらったトロフィー
二十一段切り替えのギアがついた真っ赤な自転車
探偵や、暗号や、宇宙についての本
　ぼくの部屋のダイヤル錠

仕事から帰ってきたパパは、ひとりで出かけていって靴を買ってきた。**さっさとすませてきたい**というから、ぼくは自分の部屋で留守番、マックスもうちにいてぐるぐる回転している。

ママは、頭が爆発しそうなとき、いつもしているように、こめかみを指でおしている。

マックスが買ってもらったのは、いつも、そしてこれからもずっと同じ靴のちょっと大きいやつで、ぼくのは黒くて、結ぶときに指がひりひりする靴ひもがついている。別の靴ならよかったのになあ。

7 12 21 5

glue

糊

学校がはじまるまで、あと二十一日。マックスはちゃんとした学校に通ったことがない。三歳のときに保育園に入ったけど、来る日も、来る日も、来る日も、溶けて、溶けて、溶けていた。泣いたせいでいつも顔が腫れていたし、自分の顔をぶっているうちに、目のまわりが青あざだらけになっていた。それからほかの子をかんだので、ママは、すぐに保育園に来て連れてかえってくださいといわれた。そのあと、ママは大泣きして、Mおばあちゃんがやってきて、なんでもできて、いつも落ちついているおばあちゃんが、やかんでお湯をわかした。

　Mおばあちゃんはママのお母さんだけど、ママにもうちにやってきてお茶をいれてくれるお母さんがいるなんて変なのって思うことがある。おばあちゃんは小鳥みたいで、小枝みたいな腕をしていて、いつもやわらかいセーターにグレイのだぶっとしたズボンをはいているけど、ときどき鋼鉄みたいに強い中身があらわれる。マックスをじろじろ見るひとがいたり、ぼくが宿題をさぼったりしたときとか。

保育園であったことを、ママがMおばあちゃんに話しているあいだ、ぼくはノートを広げ、暗号を考えているふりをしながら耳をすませていた。その暗号は、アフマドとジェイミーとぼくとで作った釘（くぎ）みたいな記号と点と線を使ったアルファベットでできていて、教室でこっそりふたりにメモをわたしたいから、ぼくは全部のアルファベットを頭にたたきこもうとしていた。ママたちのほうを見ないようにして、ノートに鼻がくっつくくらい顔を近づけていたけど、暗号は一字も書けなかった。

ママは、しゃくりあげながら泣いていて、保育園のケルシー先生が、マックスに特別な訓練を受けさせたあとでないと園には入れないといっていたと話した。ママはMおばあちゃんに、ずっといっていた。**マックスは、ほかの子をかんだことなんか一度もないのよ。フランクのことだって。**マックスが興奮（こうふん）しすぎたり、熱くなりすぎたり、かんかんに怒（おこ）ったりしたときにぼくの両腕につけたピンクと紫（むらさき）の親指のあとが目に浮（う）かんで、かんだことがないっていうのが本当の問題じゃないのにって思った。

紅茶（こうちゃ）を飲もうとしてもうまく飲めないママを見て、Mおばあちゃんが背中（せなか）をドンとたたくと、ママはまた泣きだし、気が高ぶって紅茶も飲めないといってから、**ピンチのときに一ぱいの紅茶も飲めないんなら、英国人でいる意味なんかないよね**といった。それから、ママはちょっと笑ったんだ。まだ、すすり泣きみたいな笑い声だったけど。そのあとマックスは保育園に行かなくなって、糊づけされたみたいに、ママにぴったりくっついてしまった。

18 1 13 19 8 1 3 11 12 5

ramshackle

おんぼろ

　マックスが学校に行くまで、あと二十日。ぼくは自分の部屋で、マックスが大声をあげたり、ぐるぐるまわったり、溶けたりする音を聞いている。壁にはねかえったり、こだましたりする音が床板をつたってひびいてくるから、吠えるのが聞こえなくなるまで、らせん階段をのぼって、のぼって、のぼって屋根裏部屋に行く。階段がきしんだり、泣くような声を出したりするのは、ぼくたちがおんぼろの家に住んでいるからだ。おんぼろというのは、パパがいつも使う言葉で「ろ」というところで舌をまるめ、オンボロローウと舞いあがらせる。それを聞くたびにマックスが笑いだすから、パパはしょっちゅうやっている。**ぼくの妻と子どもたちは、オンボロローウな家に住んでまーす。**パパの発音がとってもきれいなので、前にグーグルで「おんぼろ」を調べたら**ひどく古くて傷んでいること**って書いてあったから、ちがう言葉を調べちゃったかなと思った。

　家には変なぐあいにこわれているところがあるし、壁はぼくたちのほうにかたむいてるし、床はマックスが回転するとうめき声をあげる。階段をのぼりきったところにある屋根裏部屋は、雨がふるとほこりっぽくて、しめったにおいがするけど、どっちみち行くのはぼくだけだから気にならない。ドアは、真っ赤だ。ぼくが五歳のときにママとパパが色を選ばせてくれ、そのときは赤がだいすきだったから。ななめになった壁には額に入った絵が一面にかざってある。ぼくが保育園のときに描いたやつとか、マックスがよちよち歩きのときに鉛筆でぐるぐるやったのとか。パパはマックスの絵を、ぜったいにこれは現代美術だっていっている。ママの絵もあって、ぼくたちが生まれて自分だけに使っていた時間がなくなってしまう前に描いたものだ。

　マックスが生まれる前、ママは画家をしていて、しめったにおいがする屋根裏部屋をアトリエに使っていた。天井のななめになった窓からさしこむ明かりが、絵を描くには完璧だといっていた。ママが描いていたのは、果てしない宇宙だった。星や、空や、巨大な銀河で、見るたびに形を変え、姿が変わり、はるか遠くにあるようでいて、生まれたときからずっと知っているような気がする宇宙だ。

　ママは、よく画廊で展覧会を開いていて、みんなが絵を高い値段で買ってくれ、一枚売れるたびにパパはシャンパンをあけ、ふたりはキッチンでくるくるダンスして、背の高い、うすいグラスでシャンパンを飲んだ。一度だけ、ぼくもいっしょにお祝いできるように、ママがグラスにひたした指をぼくの口に入れた。
そしたら、口のなかでシャンパンが
パンッとはじけ
カーッと熱くなって
シュワーッとなり
舌をべえーっと出してから、だいっきらいっていったら、ふたりとも笑いだした。それから、ママはぼくに両手をまわし、天井に頭がつくくらい高くだきあげて、キッチンの冷たいタイルの上を三人でくるくるおどりまわった。
ぼくが小さかったころ、いまのマックスより小さいくらいだったころ、ママは朝になると、らせん階段をのぼっていき、ぼくはMおばあちゃんか、パパか、名前は思い出せないベビーシッターさんと宇宙船のおもちゃで遊んでいた。ママは一日の最初を洗いたてのブルーのシャツではじめ、いつもうすいブルーのシャツだったけど、階段をおりてくるたびに新しい絵の具がシャツや顔や手についていた。パパが着ていたのは、ちくちくする濃い色のスーツで、シャツは一日じゅうぱりっときれいで、ときには先がヘビの舌みたいにとがったネクタイをしめることもあり、ぱっぱっとふりまわしながらむずかしい結び目を作っていた。
マックスが生まれる前は、パパはいつも早く帰ってくるとぼくをベッドに入れて、カラスの羽のように黒い空の銀河をぬけてふわふわ進んでいく宇宙飛行士の冒険や、謎や暗号を解いて事件を解決する少年探偵タンタンの物語を読んでくれた。最後にはすべての手がかりが一致して、なにもかもめでたし、めでたしで終わるから、ぼくはそういう物語がだいすきだった。パパはいつも、ぼくが大きくなったらコンピューターで使う特別な種類の暗号を教えてくれるといっていた。いまもパパは一日じゅうコンピューターの仕事をしているけど、もう大きくなっているのに、まだ教えてもらえず、ぼくはずっと待っている。

それから、ママのブルーのシャツが前へ前へとのびていき、おなかで新しいだれかが大きくなっていくと、ママはもう前ほど屋根裏部屋に行かなくなった。そのかわりに、ぼくが宇宙の絵を描くのを手伝ってくれ、その絵をいっしょにぼくの部屋の天井につるし、壁に星や銀河の天体図を描いてくれた。マックスが生まれると、ママは屋根裏部屋にまったく行かなくなり、絵も売らなくなった。パパは前よりしょっちゅうスーツを着るようになり、まるでスーツが皮膚に縫いつけられてるみたいになって、寝る前の物語もなくなった。パパが前みたいな時間に帰ってこなくなり、ママも年がら年じゅうマックスといっしょにいるようになったからだ。

ぼくはいま、ママのアトリエの床にすわり、かわききってにおいがしなくなった絵の具のチューブにかこまれて、すごく大きくて、雪みたいに真っ白なキャンバスに暗号を書いている。ぼくのすきな暗号は、スパイラルサイファーといい、渦巻みたいな線の上でアルファベットと数字を結びつける宇宙でいちばんかんたんなやつで、ぼくのはもっとかんたんな円を使ったものだけど、それでも気に入っている。サイファーというのも暗号って意味で、その音がだいすきなんだ。宇宙でいちばんむずかしい暗号がなんなのか知らないけど、いつか自分で発明したい。で、だれにもぼくの暗号を解いてもらいたくない。その暗号を使って、今日みたいな日に、体のなかでゴウゴウ燃(も)えているものをすべて書いてしまいたい。

6 9 7 8 20

fight

けんか

マックスの学校がはじまるまで、あと十九日。パパは仕事から帰ってきたばかりだ。夕食までに帰るって約束していたのに、夕食は**とっくに**終わっている。ママとパパは、マックスにとって**どうするのがいちばんいいか**ということで、ささやき声でけんかしている最中だ。前にマックスがママの目のまわりに青あざを作ったとき以来の、最大のけんかだ。そのとき、マックスはなぐるつもりがなかったのにママをなぐってしまい、それからもやめなかったので、ママのぬれたほっぺたは腫れあがり、こめかみのまわりにちっちゃな涙の形の青あざが、星でいっぱいの銀河みたいに広がっていた。階段の手すりから、ふたりをのぞいてみる。マックスは自分の部屋でおとなしく、ピーナッツバターのプラスチックのふたに入れたビー玉をぐるぐるまわしている。パパは兵隊みたいにまっすぐに立っていて、手は両方ともポケットに深くつっこんでるから、縫い目がほつれかけている。ママは、パパを何周もぐるぐる巻きにできるくらい大きく腕を広げたけど、ハグするのをやめて泣きだした。わたしが望んでるのは、どこか遠くの美しいところに、みんなを連れてってほしいってことだけなのと、ママは大声をあげた。パパがチュッチュッ、シーッと、人間というより小鳥みたいな声を出したけど、ママは小鳥人間がリビングにいるのに気がつかない。で、パパはママを助けなきゃいけないという。何度も何度もくりかえす。ママの目はぼんやりしていて、涙でいっぱいで、おぼれているみたいに苦しそうに息を吸いこんでいる。

もう見たくなかったけど、動いたらここにいるのがわかってしまうから、息をつめてすわっていると、空気が足りなくて胸が痛くなった。ママは涙をぬぐい、クスンと鼻を鳴らしてから、**きっとだいじょうぶよね？ わたしはただ、みんなで、すべてから逃げだせたらいいなって思ってるだけよ**といった。ぼくのサッカーボールの形をした貯金箱に、十一ポンド四十七ペンス以上のお金が入っていればいいのに。そしたら、学校が休みになったとき、ママをおんぼろハウスから遠くはなれたところまで連れてってあげられるのに。

8　5　12　16

help

手伝う

マックスの学校がはじまるまで、あと十八日。パパは、これからはもっとマックスとぼくにいろいろやってくれるし、そしたら、いっしょにいる時間がもうちょっとふえるから、フランクもうれしいだろうという。**ママはずっと疲れていて、いらいらしてるんだ。だから、ぼくたちはママのことをいままでよりちょっとだけでも手伝ってあげなくちゃね。**そういったとき、パパはちょっとだけ自分が悪かったと思っているみたいで、ネクタイをぎゅうぎゅうやたらにひっぱるから、結び目がどんどんかたくなった。

　パパは、ぼくとマックスをベッドに入れようとしたけど、ぜんぜんうまくいかない。マックスはお風呂がきらいだし、いままで一度だってきげんよく入ったことがない。だけどパパは、ママがいつもうたうお風呂の歌をうたわなかったし、お湯を自分の手でパシャパシャたたいて、ほうら、だいじょうぶだよともいわなかった。マックスがベッドに入ったあとも、天井いっぱいに星を映して、小さな顔に宇宙の星が映しだされるライトショー（音楽につれて、色のついた光がつぎつぎに変わる照明）をつけなかった。こうして、なにもかもめちゃくちゃになってしまい、ぼくはベッドにすわって、部屋から部屋へこだまするマックスの悲鳴を聞いていた。そのうちに、ママの子守歌がそっと聞こえ、その声がだんだん大きくなると、マックスの悲鳴は口のなかにもどっていった。

　歯をみがき、本を四ページ読んでから、三十分だけっていわれているｉＰａｄ（アイパッド）を見ることにする。ぼくのｉＰａｄは、マックスが階段（かいだん）の上から**シューッバンッ**と投げたせいで、画面にひびが入っている。最初は時間を気にしていたけど、だれも時間だといいに来ないから、四十五分見てからスタンドの明かりを消す。だれも消しなさいっていいに来ないから。

　マックスの部屋からパパがそっと出てくる音がして、ソックスの足音がぼくの部屋の前で止まる。眠（ねむ）っているふりをしていると、パパがドアからそっとのぞく。まつげのあいだから見ると、ぼやけていたけどパパの涙（なみだ）が見えた。

20　18　5　1　19　21　18　5　19

treasures

宝物

マックスが学校に行くまで、あと十七日。今日は、ママといっしょにノミの市にお宝を探しに行く。ぼくは朝早く起こされ、学校に行くときより早いくらいで、太陽が空にオレンジ色のしまを描いている。キッチンのテーブルで朝食を食べてるパパとマックスを残して家を出てから、駅まで歩いた。ママとふたりだけで。大きすぎるベビーカーにしばりつけられたり、ぼくの横で両手をパタパタさせたりとびはねたりして、歩くじゃまをするマックスはいない。本当にふたりっきりで、もう十歳なのに、ママはぼくの手をにぎっている。

駅に着くと、ママはホットチョコレートを買ってくれた。追加してくれたホイップクリームが、カップに雲みたいにもりあがっている。ホームで、ママはぼくのすきなものの話をした。銀河系を越えて果てしなく広がる宇宙のこと、冥王星にふつうの飛行機で行くと八百年かかるということ、火星の夕焼けはブルーだってこと。今日は歌をうたったり、手話で話したり、電車のゴトゴトいう音に悲鳴をあげて溶けてしまったマックスのこちこちの体をささえたりしなくてもいい。電車に乗ると、ママはぼくの手のひらを指でたたいて秘密の暗号を送ってきた。ぼくも送りかえす。

　ママとぼくの暗号は、モールス信号だ。何百年も前、電話もパソコンもeメールもなかったころに発明された暗号で、器械を使って、短くたたくトン（・）と、長いツー（—）を組み合わせた文字で信号を送っていた。遠いところにいるひとと通信するために使うもので、器械のトンとツーだけじゃなく、懐中電灯を長く照らしたり、ぱっと照らして消したりして送ることもできる。でも、ママとぼくはすぐとなりにいるときに通信しているから、特別な、ぼくたちだけのものだ。ぼくたちは器械や懐中電灯ではなく指を使う。まだ小さいころ、マックスに手話で話すのを習っていたころにママが教えてくれた。ぼくたち家族はみんな、両手を使って、終わったとか、ありがとうとか、ビスケットとかいう言葉をマックスに伝える方法をおぼえなきゃいけなかった。でも、ぼくがこわがっていたり、怒っていたり、泣いてたり、さびしかったりするとき、ママはぼくの手をにぎって、トントン　トンツートントン　ツートンツーツーと指でいってくれた。I　L　Y、I Love You. だいすきだよってこと。ママとぼく、ふたりだけの暗号だ。

　ノミの市に着いて、色と形と音でいっぱいのなかを歩いていくけど、マックスがいないからだいじょうぶ。スイッチをパチッとおして、あらわれた世界みたいだ。市場じゅうが、ほこりと古いもののにおいでいっぱいで、男の人が椅子を落として大きな音を立てたけど、今日は市場を出ていかなくていい。ママはマンガ雑誌の「ビーノ」の創刊号からそろったやつを見つけてくれた。ずいぶん昔に出たものだから、ページは黄色くなっていたけど、しわひとつない。これをずっと大事にしてた子は、花びらみたいな手ざわりのページにしわがよらないように、そっとめくっていたんだろうな。ガラスでできているなにかみたいに、「ビーノ」をしっかり両手で持った。

千歩くらい行ったところで、ママはバーゲン会場を見つけ、服やら、小さなかざり物やら、アクセサリーやらを掘りだしているひとたちをかきわけてぎゅうぎゅう進んでいき、しめった段ボール箱の底できらっと光ってるものをいちばん先に見つけた。片手をつっこんで、そっと探っていき、とうとうとりだす。ママが持っているのは、光の小さなかたまりだ。ガラス玉のなかに、弓なりになったり、渦を巻いたり、あぶくになったりしている色がいっぱい入っていて、かがやいたり、ぼくたちのまわりの世界を反射したりしている。ママは紙をおさえる文鎮だといったけど、ぼくには魔法のかけらに見えた。光の玉は、つぎつぎに色を放っていく。ジェイミーの八歳の誕生日に来ていた手品師が、そでからつぎつぎにハンカチをとりだしたみたいに。ぼくの誕生日にもその手品師に来てもらいたかったけど、けっきょくママと映画に行き、パパはマックスとうちで留守番しなきゃいけなかった。

うちに帰ると、ママはガラス玉をぼくの部屋の棚のサッカーでもらったトロフィーの横においてくれた。星座が渦を巻いたり、またたいたりしている壁に、ガラス玉の光がはねかえる。マックスが入れないぼくの部屋は、宝物でいっぱいだ。ドアの外にはダイヤル錠がつけてあり、ぼくが外に行ってマックスがうちにいるときは鍵をかけ、暗号を知らないとドアは開かない。暗号は２３０２。二月二十三日。ぼくの誕生日だけど、マックスは知らない。

ぼくの部屋は、前よりめちゃくちゃすばらしくなった。ママは一歩さがってながめてから、このガラス玉は部屋にぴったりで、このうちや、ぼくの部屋のために特別に作ったみたいだという。ジグソーパズルのピースのように、部屋にぴったりはまっていて、ぼくの胸のなかもきらきらかがやいている。だって、このガラス玉は魔法みたいだし、ママがぼくだけに買ってくれたものだし、とにかく**最高**だから。

19　15　18　18　25

sorry

ごめん

マックスが学校に行くまで、あと十五日。厚い雲のうしろから、太陽がしょんぼりのぞいている。アフマドとジェイミーは、まだ旅行先から帰ってこないし、もう永遠に帰ってこなくて、ぼくだけ仲間はずれにされたみたいな気がする。ママは、うちのなかでそんなにたいくつだったら、外に行ってもたいくつになれるから、みんなで外に行かなきゃという。うちにばっかりいると、ぼくはますますきげんが悪くなって、うるさくなるから、だって。パパがなにをしているか見にいくと、休日なのにコンピューターで仕事をしていて、ぼくには見せたくなさそうで、地球の人間は木星に行くと体重が約二倍半になるとか、宇宙はまったくの沈黙の世界だってことを、ぼくに話してくれる気もないみたいだ。

　ひとりで外に行きたかったのに、ママは**みんなで行きましょうよ**とか、**そしたら楽しいわ**とか、**こんなにすばらしいお天気なんですものね**とかいう。ぜったいにすばらしいお天気なんかじゃないけど、ママがマックスに公園のカードと、なによりもすきなブランコのカードを見せるのを待っていた。マックスは、落ちるかもってこわがらないから、ぼくにもできないくらい高くブランコをこぐ。こぎながら、赤んぼうの声と動物の声が口のなかで笑い声といっしょになったみたいなへんてこな声をあげ、ときどき手を放すけど、ぜったいに落ちたりしない。

　公園は、うちの前の道路のつきあたりにあるから歩いていけるけど、マックスは歩かない。急にブルーの車や赤いバスを探(さが)しに走っていかないように、大きすぎるベビーカーに乗っていく。ぼくは、マックスのベビーカーがだいきらいだ。どう見ても変だし、みんなじろじろ見てから、もう一度見て**あら**とか**おやおや**とかいうからだ。ぼくはサッカーボールを持っていくことにした。ドアからボーンとけりだし、暑くてしめっぽい夏の朝の通りにとびだして走る。ぼくを止めるひとはだれもいない。となりの家の前をかけぬける。となりに住んでいるのはマークさんで、ママといっしょに大学で美術(びじゅつ)を勉強した同級生だ。**こんな偶然(ぐうぜん)ってある？**　ぼくたちが引(ひ)っ越(こ)してきたとき、ママはマークさんに会ったとたん、そうつぶやいた。それから、ふたりはちょっと二度見してからとびあがった。**えーっ、知ってる！**

　マークさんは、ニールという名前のスーパーかっこいい、毛むくじゃらの犬を飼(か)っている。ほとんど毎週、マークさんはうちに来て、ママと絵のことを話し、お茶を飲み、そのあいだぼくはニールと遊ぶ。ニールは、宇宙でいちばんかしこい犬だ。犬にしては変な名前だけど、ビユーンと自転車を走らせると、パタパタと追いかけてくるニールが、ぼくはだいすきだ。犬のサッカー選手みたいに鼻でボールを受けてくれるので、ぼくにはいつもゴールにシュートできる相手がいる。ママは、犬を飼うなんて、これ以上とても、とても無理というから、自分のニールを飼うことはできない。マックスも、ニールのことがすきだ。犬はいつだって音を立てたり、ふいにジャンプしたりするのに、ふしぎだなって思う。人間がそんなことをするのはだいきらいなのに。

公園に着くと、運動場を走りぬけて、芝生へ、ぼくのスタジアムへ走っていった。ドリブル、シュート、ボレーキック。ぼくは、メッシだ。つぎつぎにゴールをきめると、スタジアムじゅうの観客が歓声をあげる。そこへママが来て、**いっしょに歩きたいっていってるのに**というから、**マックスはブランコに乗りたいんだよ**といい、ワールドカップの優勝がかかっているピッチにもどった。ぼくのそばで、大きな男の子たちが、シャツをぬいでサッカーをしている。みんな、頭の横を剃りあげているから、てっぺんにふわふわした髪の毛がひとふさあるだけになっている。ママは、ぼくの髪もこんなふうにさせてくれるかな。この子たちに、ぼくの魔法の足を見てもらいたい。こんなにサッカーがうまい十歳の子は見たことがないといって、いっしょにプレイしてもいいかとたのんできたら、うまくなる方法を教えてやるつもりだ。

マックスはブランコをこぎ、宙に舞いあがるたびに声をあげている。汗びっしょりの男の子たちは顔を上げ、ブラジル相手にウイニングゴールをきめたぼくじゃなくブランコのほうを見て、マックスがうれしそうに声をあげるとケラケラ笑いだす。で、さっきからきたない言葉を使っていたけど、マックスを見ながら最悪の言葉をいった。「ち」からはじまる、ママがぜったいに使っちゃダメといっている言葉だ。それから、ゲラゲラ、ゲラゲラ、ゲラゲラ笑う。で、ぼくも笑った。そしたらこっちを見たから、いっしょになって笑うと、にやりとして**おい、やるか**っていうから仲間に入ってゴールをきめ、そのあいだマックスはのんきにブランコをこいでいる。

遊び終わると、
男の子たちはシャツを肩にかけ、
ぶらぶらと芝生を出ていき、
何人かはタバコを吸っていて
ぼくのことをレジェンドって呼んだ。

マックスといっしょに歩いてかえるとちゅう、ボールを持たせてやったけど、ぼくと手をつなぎたがったのでそうした。**ごめんな**と小さな声でいいたかったけど、いわなかった。

13 15 14 11 5 25 2 15 25

monkey boy

モンキーボーイ

マックスが学校に行くまで、あと十四日。同じ日に、ぼくは六年生になる。小学校のはしごのてっぺんにのぼるわけで、パパは**いちばん上の枝にいるサルだな**という。

　マックスは、ぼくが通うウルヴァートン小学校には行かない。ママとパパは、マックスが入る学校のことを何度も話しあい、ずっと遠くにある寄宿学校のことも相談した。その学校には自分だけの寝室があって、だれかがお風呂に入りなさいといってくれ、眠るまでだいすきな本を読んでくれるというけど、ママはそんなところはぜったいダメといった。それでもふたりでその寄宿学校を見学に行き、帰ってきたママはやっぱりぜったいダメといい、ふたりでもっと近くにある別の学校を見に行った。ぼくとマックスは留守番することになり、Mおばあちゃんが来てくれて、それはそれでよかったけど、マックスはいつもとちがうと思ったらしく、とびはねながらママを探し、手に持ったストローをふりまわしていた。いつもと同じじゃないけど、それがなぜなのかわからないとき、マックスはいつもそうする。今年の夏、Mおばあちゃんは、いままでより何度もうちに来た。ママには、ひとりでいる時間が必要だからねと、Mおばあちゃんはいっていた。前は、ママがマックスをおいて出かけることなんか一度もなかったのに、このごろは一週間に一度ハツカネズミみたいにこっそり、こっそり出ていき、帰ってきたときもどこに行っていたのかぜったい教えてくれない。だけど、マックスといっしょに出かけたときと同じぐらい、ぐったり疲(つか)れている。

　マックスの新しい学校を見てきたママとパパは、すごく興奮(こうふん)していて、ぼくとマックスに壁(かべ)にやわらかいものが貼(は)ってあるプレイルームとか、泡(あわ)で遊べる小さなプールとかの話をした。お風呂がだいきらいなマックスにそんな話をするなんて、バカみたいだと思ったけど、マックスは平気な顔をしていた。**ねえ、**マックスとママはいった。**マックスだけの特別のおもちゃもあるし、先生はみんな手で話せるし、光の部屋もあって、マックスがボタンをおすと光の色が変わるのよ！　ほんと、宇宙船(うちゅうせん)みたいなんだから！**　マックスが首をかしげると、ふたりは新しい学校の写真や先生たち全員の写真がのっている「ぼくのがっこう、わたしのがっこう」という特別な本をマックスに見せた。

　マックスがこれから行く学校のほうが、ぼくの学校より先生の数が多いけど、子どもの数はずっと少ない。**みんながみんな、勉強を教える先生ってわけじゃないんだよ**と、パパが説明してくれた。**ほかのひとたちは、勉強以外のことを手伝ってくれる。走ったりとか、しゃべったりとかね。**マックスができるのは、そのふたつのうちのひとつしかないけど、それがまたとびっきり上手だ。**走るのは、手伝ってもらわなくてもだいじょうぶだよ**とぼくがいうと、パパは笑いだし、じつはこんなふうに思っているんだと打ち明けてくれた。**先生以外のひととしゃべることをおぼえたら、ぼくたちにも話をしてくれるんじゃないかってね。**フンフンとか、泣き声とか、ブランコをこぐときに出す変な声じゃなくって……ということだ。

　新しい学校に入ったとたんに、マックスが手や口を使ってしゃべるようになったりするかな。保育園に行かなくなってから、アンジェリークさんが週に二度うちに来てくれるけど、まだマックスは**ネコ**っていうこともできない。アンジェリークさんは**言語療法士**で、それだけ聞くとこわいひとみたいだけど、ぜんぜんちがう。火曜と木曜にいつもうちに来てくれる。家族に会いにフランスに帰るときは別だけど、あんまりフランスには帰らない。

　はじめてうちに来たとき、アンジェリークさんはまっすぐ入ってきてマックスの横にすわり、明かりのつく風車のおもちゃをさしだした。ぼくの体は石みたいにこちこちになり、おなかがずーんと落ちた。アンジェリークさんは、マックスの空気のなかに侵入してしまった。はじめてのひとと会うときは特に、自分のまわりの空間が、マックスにとってなにより大事だ。とつぜん、そのひとの上にすわろうときめたときは別だけど。でも、マックスはアンジェリークさんのほうに顔を向けると風車を手にとって、明かりがついたら、うれしそうに笑いだし、アンジェリークさんが**お友だちになろうね、マックス**というと、風車に舌をつけて色の味をたしかめた。

いまでは週に二回アンジェリークさんが来てくれるのを、窓のそばで待っている。アンジェリークさんはいつも、マックスはもうすぐ**すばらしいこと**ができるようになるといっている。

10 15 25

joy

大喜び

マックスが学校に行くまで、あと十三日。今日は火曜日だから、アンジェリークさんがキッチンの床にすわり、マックスもすわっている。マックスは、ほしいおもちゃの絵が描いてあるプラスチックのカードをアンジェリークさんにわたさなきゃいけないのに、ちっともやろうとしない。カードとおもちゃを交換しなきゃいけないのに。アンジェリークさんがマックスの手の上に手をおいて、自分にわたすようにしたら、ひとのまねごとをしているだけだからだめだ。アンジェリークさんは、いつもいっている。マックスのために

まわりのすべてを
こわさなきゃ
いけないの。

そしたら、マックスはすぐに自分自身でまわりを作りあげることができる、って。**やらなきゃいけないことを、すごーくちっっちゃなかけらにこわすのよ、フランク。そしたら、どうやってまたもとどおりにすることができるか学んで、自分**

自身でできるようになるの。
渦巻が光って浮きあがって見えるボールを、マックスがどんなにほしがってるか、ぼくにはよくわかる。それにはまず、アンジェリークさんが持っている二枚のカードのうちの一枚を手にとらなきゃいけない。それが光るボールのカードじゃなくって、クリップの絵のカードでも。いつか、マックスは正しいカードを手にとって、アンジェリークさんにわたすことができるようになるかも。そのあとのいつか、「ください」と書いたカードをほしい物のカードの横においてプラスチックのボードに貼り、アンジェリークさんにわたすようになれるかも。そしたら、そのあとの、ずっとあとのいつか、いろんな文章を作ってぼくたちにわたすことができるかもしれない。なのにマックスは、バカみたいな最初の一歩だってやろうとしない。何度も何度もボールにまっすぐ手をのばすだけだ。いまにキッチンの床で溶けちゃうんじゃないかって、いらいらする。オレンジジュースをとりに、キッチンに行きたいのに。でも、アンジェリークさんが、またマックスの手に自分の手をおいておろしてやると、小さな指がプラスチックのカードをひっかいて、ついにボールのカードをアンジェリークさんにわたした。きらきらのボールをもらったマックスは、うれしくて、大喜びしている。

　アンジェリークさんはぼくのほうを向いて、服を着るとか、ほしいものをいうとか、そういうやさしいことでも、マックスにはむずかしいというから、頭のなかで**そんなの、とっくにわ**

かってるよといいかえしたけど、うなずいてから頭の外でいった。**いろんなものを、こわして**
やらなきゃいけないいんだね。

アンジェリークさんは、とってもうれしそうな笑顔になって何度もうなずき、ぼくのことをいいお兄ちゃんだという。ぼくは、公園でいっしょにサッカーをした年上の男の子たちのことは話さなかった。あんなことをやったと思うと、熱くて水っぽい火花が体のなかにシューシュー飛びはじめたけど、ぼくはもうやってしまったのだから、とりかえしがつかない。

19　20　1　18　19

stars

星たち

マックスが学校に行くまで、あと十一日。ママが、学校の名前のついたティーシャツを着なきゃいけないといってマックスに見せているけど、マックスはさわろうともしない。ママは、タンスの引き出しのいちばん上にそのティーシャツを入れてから、**ほんとにすてきよね**という。のぞいてみたら、ぼくが学校に着ていくポロシャツにはウルヴァートン小学校と書いてあるだけだけど、マックスのには星の絵がついている。マックスに、**ティーシャツ、かっこいいな**っていうと、ママとパパはにっこり笑ったけど、マックスは洗濯機を動かしたがってるだけだ。どっちにしろ、マックスが学校のティーシャツを着るとは思えない。いつも着るティーシャツはきまっているから。黄色いしまのあるグレイのやつで、同じのを十五枚も持っている。ぼくは数えたことがあるから知っている。

ママが、また学校のティーシャツを手にとって、いっしょに星の数をかぞえようとするけど、マックスは見向きもしない。学校に行くのは午前中だけといいながら、ママは両手で午前中と教え、つづけて、だいじょうぶになったら一日じゅういられるという。太陽と月と星が描いてあるマックスの時計の針を、両手をとっていっしょに動かしていき、もう一度、同じことをくりかえす。学校の名前をゆーっーくーり教えてから、今度はすばやくいって、教科書を見せている。本当は、マックスがすきな本は『あかちゃんのカタログ』という絵本だけだけど、ぼくはその絵本がだいきらいだ。名前でわかるように、それは赤ちゃんのための絵本だし、マックスはもう五歳なんだから。

ぼくはいつも、ジェイミーとアフマドといっしょに学校から帰るけど、去年のある日、ママが大きすぎるベビーカーにマックスを乗せてむかえに来た。マックスはぼくを見ると、赤ちゃん絵本を高くかかげて、キイキイ大声をあげた。ノアが笑いだして、**おい、あいつはおまえの弟か？**といった。とっくに知ってるくせに。ぼくは大声で**ちがう**といってから、マックスから少しでもはなれようとうちまで走って帰った。マックスはぼくをむかえに来るのがうれしくて、じまんなのにと、ノアに腹が立ったけど、それ以上に、そんなことをじまんにしているマックスがしゃくにさわったし、なにより学校にまでマックスを連れてきたママに腹が立ってしかたなかった。

ぐるぐる　　　　　　　ぐるぐる

ぐるぐる

マックスが洗濯機がまわるのをじっと見ているあいだに、新しい学校に行っても、マックスがびっくりしないようにもらってきた「ぼくのがっこう、わたしのがっこう」を開いてみた。ウルヴァートン小学校とは全然ちがうし、なんだか楽しそうだ。校舎の写真を見ると、低くて白い建物にまるい窓がついていて、宇宙船そっくり。校舎のなかも宇宙船っぽくて、虹色のライトがつき、教室の白い壁には、ぴかぴかで、つるつるのタッチスクリーンがかけてある。マックスが自分でしゃべってるような案内が書いてあった。

泡の出るプールで遊べるよ。
砂場で遊べるよ。
お願いすれば、おやつをもらえるよ。

写真のなかのマックスじゃない男の子が、ビスケットの絵を先生にわたして、ビスケットをもらっている。だけど、マックスはだめだな。こういうビスケットはきらいだから。それに男の子は自分じゃないし、もらっているのも自分のビスケットじゃないから、こんな写真を見せたって喜ぶはずがない。マックスのビスケットは、黄色い水玉がついている赤い缶に入っていて、ほしいときはプラスチックのカードを見せるようにアンジェリークさんが教えている。マックスは、自分のビスケット缶を学校に持っていかなきゃ。前にMおばあちゃんがビスケットをちがう缶に入れたときは、ぜったいに食べなかった。そんなのは、まちがってるからだ。で、マックスは溶けてしまった。ママとパパに缶のことを教えたかったけど、ふたりはうつむいて、なにか相談している。ママは、マックスの新しいティーシャツをとりだして、両手で何度も何度もなでている。

6 21 18 25

fury

猛烈な怒り

マックスが学校に行くまで、あと七日。ママはマックスといっしょにお話を読んでいる。リビングの床にマックスといっしょにまるまっている。それから学校へ行くための新しい物を見せ、アンジェリークさんが出した宿題をいっしょにやっている。何時間も、何時間も。ママはマックスのために、何枚か新しいカードをプリントしなきゃいけないし、マックスのために、せかせかと小声で大事な電話をしなきゃいけない。そんなふうにママとマックスがぴったり糊づけされているから、ぼくの脳は真っ赤になる。マックスのぎゅっとつぶれるボールや、くるくるまわる車輪や、きらきら明かりがつく棒がそこらじゅうにころがっていて、どれも明るい光をカーペットに落としているけど、それでもよけて歩くのは大変で、百回も転んでしまった。

百一回目にラグの上で転んだとき、くるくるまわるスピナーという小さなおもちゃを壁に投げつけると、スピナーはカシャッと割れて、なかから銀色の液体が床に流れだし、マックスは大声をあげ、怒って溶けるときや、なにかの音で脳が燃えだすときみたいに、自分の頭をなぐりはじめた。でも、ママがマックスの大のお気に入りのやぶけない厚紙とカードに色を塗りたくるクレヨンをとりだすと、マックスはハッと息をのんでからすわりなおし、ぼくたちが知っているようなものを描きはじめ、ママは**マックスって、ほんとにかしこいわよね、フランクもすわって、いっしょに描きましょうよ**といってから鉛筆を手にとると、絵描きさんらしく、さっさと上手に鉛筆を動かし、トラの背中にとびのるレゴマンの絵を描きあげた。

ぼくは、映画を見に行きたい。ボーリングに行きたい。プールに行きたい。どこを向いても台風みたいな男の子のいる、わめき声ばかりのジャングルにはいたくない。何度も、何度も、何度もたのみ、うたうようにお願いして、さけんで、キイキイ声をあげて、わめいても、ママは**今日はダメ、今日はダメ、今日はダメ**というだけだ。しまいにママはプチッと切れて、小さな声じゃなく、すごい早口でどなった。

フランク、あんたって子は

マックスといっしょだと、そういうことはダメだって

考えたこともないわけ？

音楽の**音**とか
ボーリングのピンの**ゴツン**という音とか
まぶしい**明かり**とか
水の**パシャパシャ**とか
新しい海水着とかも
お風呂（ふろ）が**だいきらい**なのは
わかってるでしょうが
それに映画館の**暗闇**（くらやみ）も
ちらちらするスクリーンも
　もう、**やめてよね**
自分がなにをいってるか、**考えて、ちゃんと考えて、**
　さっさと本を**読むか**
そのバカみたいなｉＰａｄ（アイパッド）で**遊ぶか**
　テレビを**見るか**

庭の柵（さく）に**サッカーボールをぶつけるか**したらどうなの

とにかく、わめくのはやめなさい

だから、ぼくはわめくのを**やめて**キッチンに**行き**
赤いボールペンを見つけて
壁（かべ）いっぱいに象形文字（しょうけいもじ）とか、絵とかを
穴居人（けっきょじん）みたいに**描（か）きまくり**
自分の名前を**書いて**
なにもかも、どんなにぼくにとって**不公平か書こうとしたけど**
ちゃんとした文章にならないから
意地悪くて、残酷（ざんこく）で、
いやらしくて、クールな言葉を
ぐじゃぐじゃ書いて、書いて、書きまくり
大声でどなって、**吠（ほ）えて**
さけんで、吠えて
金切り声をあげて、あばれたけど

声に出したわけじゃなく赤いボールペンを**使って**
ぼくのなかの**かっかと燃える怒りの悲鳴**を
手のとどくかぎり描きまくっていたら
そのうちに、ペン先からインクが出なくなった

ママがお茶をいれにキッチンに行き、ぼくがやったことを見た。壁に投げつけたティーカップがガシャッとこわれる音がしたから、いそいで自分の部屋にかくれて、頭から毛布をかぶると、ベッドは居心地のいいテントになったけど、心臓が耳のなかでガンガン鳴っている。階段がギイギイきしみ、足音がして、ぼくの部屋の前でとまる。だけど、ぼくが五歳のときにパパがやったのとはちがって、ドアは乱暴にさっと開いて洋服ダンスにはねかえったりしなかった。それは、ママとパパがマックスをずっとうちで育てるってきめたときのことで、ぼくはチョコレートとバナナ入りのミルクシェイクをソファにぶちまけたのだ。ママは自分だとわかるようにノックでふたりのモールス信号を送ってきてから、何事もなかったようにドアをあけてきたけど、何事もないどころかせきこむようにそっと泣いていて、**ああ、フランク、ごめんね、ほんとにごめんね**といい、サッカーボール模様のかけぶとんの上からだけど頭をなでてくれ、何度も何度もごめんねとくりかえす。ぼくはママの言葉にすっぽりと包まれていった。

13　1　7　9　3

magic

魔法

つぎの日、パパは会社を休んだ。ママとマックスを、ふたりの本とふたりの物語とさけび声といっしょにうちに残して、パパと電車に乗って出かける。ママの疲(つか)れた顔と、キッチンの壁(かべ)に怒(いか)りのあまり描(か)きなぐったものを見たら、ぐいっとひきとめられた気がして、ぼくみたいな子が、海を見に電車でブライトンに行ったりしちゃいけないって思ったけど、パパがにっこり笑ってくれたから、そんな気持ちが消えていった。

　ブライトンに着いて、新聞紙にくるんだフィッシュアンドチップス（魚のフライとポテトフライ）を食べると、しょっぱい空気の味がした。それから桟橋(さんばし)の上の遊園地にいき、行列にならんでジェットコースターに乗ったら、胃袋(いぶくろ)もビューンとなって、おなかのポテトフライがぐるぐるまわる。ふたりでティーカップの乗り物にも乗り、くるくる回転するのが最高で、まわりの世界もヒュンヒュンまわり、見物しているひとたちの顔がぼやけていく。おなかのでんぐりがえしが少しおさまってから綿(わた)あめを買うと、ふわふわの綿あめが口のなかで溶けてシロップになり、ピンクのねとねとが歯についたけど、ぜんぜん気にならない。するとパパがウィンクしてからぼくの耳に口をよせて、浜辺にもどってフィッシュアンドチップスのおかわりをしないかといった。

波打ちぎわでつま先を入れると、冷たくてぞくっとしたから、朝、ズボンの下に水泳パンツをはいてきたけど泳ぐのはやめた。

そのかわり
　カモメが海のうえに輪を描いて
　　ごちそうの魚を探しているのを見物する。

カモメの鳴き声のまねをして**カーウカーウ**といいながら、お酢をかけた最後のポテトフライを投げてやると、カモメたちは空中で羽の生えた翼をバタバタさせながらけんかしている。もう一度**カーウカーウ**とやったら、パパはケラケラ笑いだして自分もやってみたけど、パパのは、食べ物を探してうちのまわりをうろうろしてる年よりネコのニャーオみたいだ。浜辺を歩いてもどり、色を塗った金属の仮面やロボットみたいな手をつけたひとの大道芸を見物した。魔法みたいな手品を見たパパが、感心して小さく**ヒュウ**と口笛を吹いた。海が、足元の桟橋のあいだからしぶきをあげ、そのなかに遊園地にあふれる色が渦を巻いて、おどりまわりながら形を変えていく。こっちのほうが本物の魔法みたいだ。

うちに帰ると、マックスはもう寝ていて、ママはリビングでとなりのマークさんとお茶を飲んでいた。マークさんはニールといっしょだ。ニールの毛むくじゃらのグレイの頭をなでながら、大道芸人のことやカモメのことを話しだしたら止まらなくなって、うっかりフィッシュアンドチップスを二回も食べたといっちゃったけど、ママもマークさんも平気な顔をしていた。

23 9 12 4

wild

ワイルドな

学校がはじまるまで、あと三日。夏休みのあいだ遊びに行っていたアフマドとジェイミーが帰ってきたから、ぼくはだんぜん元気になった。ジェイミーは、スペインに行っていた。アフマドは、バングラデシュ。スマホの写真を見せながら、**バングラデシュってさ、すっごく暑くって、靴もはかなくてよかったんだ**という。マックスなら、喜ぶだろうな。たぶんママも。あの靴屋の店員に、また会わなくてもすむから。だけど、ぼくの夏休みときたら、ブライトンのたったの一日だけで、アフマドとジェイミーのほうがどっさり話すことがあった。

バングラデシュは、ほんとはちょっとたいくつだったと、アフマドがいう。いっつもたいくつなおばあちゃんおじいちゃんや、おばさんおじさんといっしょで、暑いなか一日じゅう輪になってすわり、いつもはあんまり顔をあわせないから、しゃべったり、笑ったりばかりで、アフマドは暑いのと靴をはかなくていいのをのぞいては、なーんにもすることがなかったんだって。ジェイミーはスペインでサメと格闘したといったけど、アフマドとぼくは、ただ笑っていた。去年もジェイミーはフロリダに行ってワニと格闘したけど、それを聞いたジェイミーのお兄ちゃんが**ああ、夢のなかでな**っていったから、それ以来ぼくたちはジェイミーのいうことを信じない。ジェイミーのお兄ちゃんは十五歳で、頭の両サイドをてっぺんだけ残して刈りあげ、長い靴ひものついたハイトップのスニーカーをはいている。アフマドはお兄ちゃんとお姉ちゃんが合計五人もいて、もう十歳なのに家族のなかではベビーといわれてる。ふたりには、マックスがいない。いるのは、ぼくだけだ。

　また三人で集まったのはいいけど、なにをしたらいいかわからない。三人のあいだには長い夏休みがドーンとあって、おまけに今日は雨までふっている。ジェイミーのうちに行って、ユーチューブの新しいビデオを大音量で見たけど、**ジェイミー、もっと音を小さくして**というひとは、だれもいなかった。それから、マインクラフト（ブロックを使って建築を楽しむゲーム）で遊んで、ブロックで数えきれないくらい塔が立った未来都市を作った。ひとりで遊ぶよりずっとましだったけど、家のなかにずっといるから、三人とも頭がおかしくなってきた。

　雨がやんだので、自転車で未開のワイルドな荒野に行くことにした。ほんとは未開でもワイルドでも荒野でもないけど、そう見える場所だってこと。草がもしゃもしゃ生え、ウサギがベルベットみたいな足で飛んだりはねたりして、小道を曲がると、手入れしていない木がとびだす絵本みたいにぴょこっと姿をあらわす。アフマドがここに生えてる木は何千年も生きてるっていい、ぼくもそう信じている。荒野という言葉どおりに木の生えていない開けた野原もあるけど、そのほかは暗くて枝がもつれあっていて、ぼくはそっちの暗いところがいちばん気に入ってる。前に、木がしげりあったところに隠れ家を作ろうって話になったけど、三人ともどうやって作るのかわからず、あるのはジェイミーがお母さんからくすねてきたシートと、テントを作るには短すぎる棒が何本かだけだった。それで、今日は自転車をビューンと走らせるだけにして、そのうちに心臓が**ドックドックドック**と高鳴っていき、ぼくが最後に残った息で**ストップ！**　とさけんでからやっと止まった。

ハアハア息を切らしながらしめった草の上にすわると、雨と、熱した葉っぱと、湯気をあげているヤカンと、ちょっとだけとなりのニールのにおいがする。今日、ジェイミーは焚火をおこしたがっていて、罠でウサギをつかまえ、焼いて、肉を歯で食いちぎり、指でさいて、あごに肉汁をたらしたいという。ぼくたちは未開の荒野で暮らしている、ワイルドな野生の少年たちだ。うちに帰らないでいると、パパが探しに来て、隠れ家にいるぼくを見つける。ウサギの毛皮を着て骨のネックレスをかけ、顔にウサギの血のあとがついてるぼくを見たパパは、うちにもどって、フランクは本物のワイルドな野生少年になったから、壁や、ドアや、ベッドに入らなきゃいけない時間や、特別な本や、溶けちゃう子がいる家には、もう帰ってこないという。すっかり悲しくなったママは買い物に出かけ、スニーカーやプレイステーションを買ってくれて本物の涙を流すけど、それでもぼくは帰らない。

　ジェイミーは、お兄ちゃんからぬすんだ赤いプラスチックのライターを持ってきていた。お兄ちゃんは自分で紙を巻いた、細くて白いタバコを吸っている。葉っぱや小枝をジェイミーがこんもりもってから、シューッと火花を散らして燃えあがるのを待ったけど、ライターはカチッと鳴らず、火がつかない。あんまり野生の少年っぽくないなあという気がしてきた。だって野生の世界で暮らすには火が必要で、その火でウサギを焼かなきゃってことくらい、だれだって知っている。葉っぱや小枝がしめりすぎていて火がつかないのかも。そしたら、ジェイミーがもう一度カチッとやり、それでもつかないのでぶんぶんふってからアフマドに放りなげ、**こいつ、ぶっこわれてるじゃん**といった。でも、アフマドがライターをふってカチッとやると、銀色の先から小さな青い炎が出た。しゃくにさわったジェイミーがアフマドにどなり、アフマドもどなりかえすから、両方の耳の穴に指をつっこむ。未開の荒野で、三人いっしょに野生の少年になりたかったのに。今日一日だけでいいから、そうなりたかったのに。

　するとジェイミーがしめった葉っぱをシャワーみたいにアフマドに放りなげ、アフマドも両手いっぱいに泥をつかんで投げかえした。もう、だれも怒っていない。みんなで地面の泥をつかんでは投げ、つかんでは投げてるうちに、ハアハア息が切れてきて、三人とも小枝がまじった泥んこまみれになった。アフマドとジェイミーは、どこから見たって野生の少年で、ぼくも同じだろうな。顔に泥をなすりつけて、ターザンそっくりにさけぶと、その声が木々にはねかえって、まわりのしめった空気いっぱいに広がる。アフマドとジェイミーもまねをして、それからアフマドがオオカミそっくりに遠吠えする。みんなで大声をあげたり、ワーイといったり、雄牛みたいにぶつかりあったりしているうちに、夏休みのあいだの暗い気持ちが消えて、心が軽くなった。

アフマドがジェイミーとぼくに、いちばんかわいた葉っぱや小枝を探して持ってきてというから、腕いっぱいかかえてもどり、地面に石で作ってあった輪のなかに入れた。アフマドは落ちていた枝を三角形のテントみたいに立てる。それから、火のおこしかたをテレビで見たとい い、ジェイミーの赤いライターを手にとったけど、今度はジェイミーもなんにもいわない。ジェイミーとぼくは、泥で模様を描いた戦士みたいな顔のまま、目を皿のようにして、アフマドが動物を手なずけるみたいに火をおこすのを見まもった。はじめのうち、炎はおずおずと気が進まないようすだったけど、アフマドが小さな炎をそっと吹いているうちに、ゴーゴーと燃えだす。

三人だけの焚火で手を温め、つぎつぎにかわいた小枝をつぎたしていく。炎は小枝をがつがつと食いつくし、そのうちに小枝がなくなると、パチッパチッと口ごもりながら消えていき、赤く光る燃えさしだけが残って、アフマドががんじょうなブーツでぎゅうぎゅうふむと、かすかなオレンジ色が消えて灰になった。それから、ぼくが地面に枝で23 9 12 4（wild）と書いたあと、ジェイミーとアフマドとぼくとで10 1 6と自分たちの名前の頭文字をサインした。

14　15　20　6　1　9　18

not fair

不公平

自転車に乗り、すごーくのろのろ、のろのろ荒野に生きる野生の少年から遠ざかって、うちにもどった。窓から、キッチンのまぶしくて、しっかりした明かりが見える。そんな明かりじゃなく、パチパチ火花を散らす熱い炎がぼくを照らしてくれればいいのに。もう夕食の時間だから、ママと、パパと、マックスは、夕日の最後の光のなかでテーブルをかこみ、ぼくは外にいて、それを見ている。

忍者みたいにするりと、うちに入った。マックスと同じテーブルにつきたくない。口に入ったときにおいで驚かないように、最初に鼻でフンフンとたしかめているのを見るのがいやだ。マックスはナイフもフォークも、スプーンだって使わない。いつも金属や、プラスチックやゴムにがまんできなくて、**だめっ、だめっ、だめっ**っていう。もちろん、口でいうわけじゃないけど。ぼくならとてもゆるしてもらえないやりかたで、両手を使って食べる。野生の少年フランクが、荒野の焚火でジュウジュウ脂をしたたらせながら焼いた、むっちり肉のついたウサギを食べるみたいに。だけど、ぼくは野生の少年でも、こっそり身をしのばせることができる忍者(にんじゃ)でもない。たちまちママに気づかれて、**お帰り、フランク。夕食に間にあうように帰ってきたのね、感心、感心**といわれてしまい、**キッチンにいらっしゃい**といわれたから、獲物(えもの)を追いかける狩人(かりゅうど)みたいに忍(しの)び足(あし)で入っていくと、**あらら、肩(かた)が痛(いた)いの？**　で、狩人をやめ、こわい顔をしたままテーブルにつく。野生の狩人プラス忍者フランクは別の日におあずけだ。

　ぼくはどんなお皿でも平気だけど、マックスは自分だけのお皿を持っている。ミッキーマウスが描(か)いてあるお皿だ。パパが熱いフライパンをうっかり上においたことがあって、ミッキーの顔がぶくぶくふくれてしまったから、まるっきり同じお皿を買ってきたけど、マックスはぜったいに使おうとしなかった。これはいつものちゃんとしたお皿じゃないって気がついたわけだけど、どうしてわかったのかふしぎでたまらなかった。マックスのすきな食べ物は四つだけで、どれも体にいいとはいえないから、ちっとも大きくなれないし、じょうぶにもなれない。前に、ホウレンソウを食べてポパイみたいな筋肉(きんにく)にならなきゃっていったことがあるけど、とたんに筋肉もりもりのマックスが目に浮(う)かんでしまい、それからはホウレンソウの話はしていない。

　マックスがすきなのは、ポテトチップス、マッシュポテト、なにも入っていないビスケットと赤いソースがかかっていないポテトフライ。**ほうら、ポテトがきれいにならんでるよ**といって、パパがマックスの前にお皿をおく。食品のサンプルみたいに。**来年になったら、ポテトの丸焼きも横におこうか？** それから、パパはグリーンピースのお皿をテーブルにおいたけど、マックスはぜったいに緑のものは食べない。だいたい、色のついたものは、どんなものも口に入れない。ぼくは、しょっちゅう野菜を食べなさいっていわれるから不公平だと思うけど、人生は公平じゃないって、パパはいってる。本当かも。もしも公平だったら、マックスはいまみたいな子じゃないはずだ。

20 15 15 2 18 9 7 8 20

too bright

派手すぎる

　マックスが学校へ行く前の晩。夕食のあと、ママはマックスの星がついたティーシャツと、ウルヴァートン小学校のトレーナーとポロシャツを出した。明日、ぼくは自転車に乗って、六年生に、つまり枝のてっぺんのおサルになりに行き、マックスはドアの前まで迎えに来てくれるバスに乗って、きらきらと光がおどる宇宙船や、iPadや、泡の立つ小さなプールに行く。

　マックスがもらった「ぼくのがっこう、わたしのがっこう」には、バスに乗ったらローダさんがお世話してくれると書いてあり、ローダさんの写真ものっていた。お年よりで、にこにこ笑っていて、セーターの上に派手な黄色のベストを着ている。去年、となりで工事していたひとたちが着ていたベストとそっくりだ。さわがしくて、ピリピリするような黄色だったから、マックスはだいきらいだった。ローダさんのベストもぎらぎらしているから、マックスは目が痛くなって、ぎゅっとつぶってしまい、ローダさんのことも、学校に行くとちゅうでバスの窓から外を見ることもできなくなるだろうな。マックスは窓の外を見るのがだいすきだし、ブルーの車や赤いバスがいちばん気に入っているから、見つけるといつも声をあげるのに。

マックスは派手なベストのローダさんを見ることができない、となりに来ていた工事のひとたちのこと、おぼえていないの？　っていうと、ママはどこか悲しいところから出てくる深いため息をついたけれど、なんにも起こらなかった。あとになってホットチョコレートを作ってくれ、ベッドで飲んでもいいといってくれたけど、その目はどこか遠いところを見ていて、ママの気持ちわかるよ、ちょっとだけっていいたかったけど、言葉が見つからない。だから、ママの手のひらをトントンたたいてふたりだけのモールス信号を送ったら、トントンとかえしてくれた。**わたしもフランクのことだいすきよ。**

6　1　12　12　9　14　7

falling

落ちる

学校に行く朝が来た。学校の名前が入ったポロシャツを着てから、ウルヴァートンの赤いトレーナーを着る。新品のトレーナーの背中には、「六年生」と刺しゅうが入っているから、小さい子たちはみんな、だれが木のてっぺんにいるかわかる。いつも食べているシリアルとバナナをいそいで飲みこんでから、自転車でジェイミーやアフマドといっしょに超特急で学校に行き、始業のベルが鳴る前に校庭でサッカーをしたい。マックスの特別な本には、新しい絵のカードが貼ってある。**バス**の絵と**学校**の絵だ。まだマックスは星のついたティーシャツを着ていないし、かんだせいで片方の手が真っ赤になっているから、ママがいっしょけんめい着せようとしていたんだ。今朝、洗面所で顔を洗って歯をみがいているときに悲鳴が聞こえたので、シンクに水をザアザア流すと、とびちっててんてんと鏡につき、悲鳴を聞くかわりに水玉がちっちゃく波だつのを観察していた。

マックスが前のとそっくり同じ靴をはいているところを見

ると、新しい靴だって気がついていないんだ。新しい靴も、お気に入りのブルーの光がパッパッとついている。新しいお皿には気がつくのに、どうして新しい靴に気がつかないのかふしぎだ。でも、マックスのことをぼくに説明できるひとはひとりもいない。マックスは朝食のポテトチップスを食べ、色のついていないビスケットを床に落としながら、緑の目の三毛ネコの絵を描こうとしている。そのネコは、マックスが三歳のときに死んだうちの年よりネコそっくりだけど、どうしておぼえているんだろう？　それから、本に貼ってあるカードを見ている。ぼくには見ているってわかるけど、本には顔を向けずに横目で見ながら、手をたたいたり体をゆすったりして、新しいもの、新しいもの、新しいもの全部を心配している。ぼくは**新しい学校**のことを話して、ぜったいにおもしろい学校だといった。かっこいい光の部屋や、ｉＰａｄのことも。だけど、マックスはまったく聞こうとせず、両手でぼくの言葉をおしかえすから、あきらめた。今朝のマックスは、ほんとに弱虫だ。

　だけど、ぼくの鉛筆ケースは、どこにいっちゃったんだろう。ぜんぜん見当たらない。キッチンのサイドテーブルにおいたはずなのに。ママに小声できき、もう少し大きな声できき、もっともっと大きな声で、しまいにはどなったのに、ぜんぜん聞いてくれない。どんどんいらいらしてくる。六年生の最初の日なのに、ちゃんと勉強道具がそろっていないなんて。

　ミニバスがうちの前に着いた。でも、赤くないからマックスはすきじゃない。座席が少なくて、五年生のとき学校から科学博物館に行ったときの大型バスとはまるっきりちがう。科学博物館は、展示してあるものが全部おもしろくて、さわっても怒られなかったから、音さえしなければマックスは喜ぶだろうなって思った。マックスへのおみやげに、ミュージアムショップでアンモナイトの化石を買った。マックスは、凍った歴史が渦を巻いているようなアンモナイトがだいすきで、いつも親指でなでている。

　窓からミニバスを見ると、もうほかの子たちが乗っていて、何人かは、ぼくたちの荒野にある、からみあった木みたいなへんてこなシートベルトでぐるぐる巻きにされている。耳に指をつっこんでいる子も、バスが止まったのに顔を上げず、ｉＰａｄをたたきつづけている子もいる。運転手さんがハザードランプをつけていて、窓からパッパッと入ってくるオレンジ色の光が、キッチンじゅうにはねかえっている。

　ママは、バスが来るのが早すぎるというけど、ぼくはキッチンの大きなオレンジ色の時計を見ているから、そんなことはないとわかっていた。ママは、マックスがいるだろうと思うものを集めるのに大さわぎしているし、マックスはママに自分が描いたネコの絵を見せようとしているし、ママはぼくのいってることを聞いていないし、ぼくの鉛筆ケースはまだ見つからない。だから、椅子にのぼって背のびして、ママがちょっとだけでもこっちを見て、ぼくのいうことを聞いてくれるように大声をあげた。だけど、顔を上げてぼくのほうを見ようともしないから、両手をふりまわす。足が一本ぐらぐらしている椅子で、ほんとは上に立ったりしちゃいけなかったけど、ぼくはサンヨウスギの大木のてっぺんまでのぼれるモンキーボーイ・フランク、ウサギの毛皮を着て、ツタにつかまって大声をあげながら木のあいだを飛ぶワイルドボーイ・フランク、引力ゼロの小惑星から小惑星にジャンプするスペースボーイ・フランクだ。すると、ママがぼくを見てハッと息を飲み、**フランク！**　と声をあげたとたん

ふつうの男の子の
フランクにもどり
向きを変えようとしたら
こ
ろ
げ
落ちた。

ビスケットが一面に散らばった床にぶつかると、ビスケットが**バリッ**と鳴り、体の下の腕も**バリッ**と鳴り、ママが**あああっ、大変**とさけぶ。

2 12 15 15 4

blood

血まみれ

ママが聞いたことのない声でパパを呼ぶと、パパは髭剃りクリームの泡を顔につけたまま階段をかけおりてくる。ネクタイも結べていない。玄関のベルが**ビーッ、ビーッ、ビーッ**と鳴り、ぼくはハチに刺されまくってるみたいな腕のまま床にたおれ、ビスケットが散らばり、椅子がひっくりかえっていて、とつぜん、ほんとはとつぜんじゃなく、頭がシロップをかけたみたいに血でぬれている。マックスは立ったまま、こわれた鳥みたいに両手をパタパタ、またベルが**ビーッ、ビーッ、ビーッ**、パパが**なんてこった!**　ママが、**フランクを助けて、なんとかして**といってから玄関に走っていき、**すぐにバスに乗ってくださいな、なにかあったんですか?**　と女のひとの声がして、あれはきっとローダさんで、ぼくの腕は、サムがブランコから落ちたときの、体からはなれてぶらんとゆれている腕そっくりだと思う。

頭のなかにいろんな考えがあふれて、それでいてからっぽ。こんなにたくさんのことがいっぺんに起こってるのに、なんにも起こっていない。ママは、写真で見たローダさんといっしょにキッチンにいて、ベストが真っ黄色だからマックスは両手で目をふさいで、悲しい声をあげている。ベストが黄色すぎるっていおうとしたけど、歯がくっついて口が開けないから、きっと病気だ。

　パパはぐずぐず泣いているマックスをだきしめ、**フランク、フランク、フランク**といいつづけている。さっきからずっとそういっていたんだ。ローダさんは、ぼくたちはみんな頭がおかしいって思ってるだろうな。ぼくはぶらぶらの腕のまま床に寝(ね)ているし、ビスケットは散らばっているし、ぼくの頭からザブザブ血が流れてるし、マックスはもう獣(けもの)みたいに吠(ほ)えてるし、パパは顔が泡だらけだし、ママはしゃくりあげながら泣いているし。でも、ローダさんは**あらら、ごめんね**といってベストをぬぎ、裏(うら)がえしにしてまた着てから、**さあさ、もうだいじょうぶよ。はい、マックス、学校に行きましょうね**と両手と口でいい、それがとってもやさしい言い方だったから、みんな、もうだいじょうぶだと思った。で、マックスはもぞもぞとパパの腕からぬけだし、手話をしてくれたローダさんの手の片方(かたほう)をにぎって、子馬みたいにトットコはねていく。

　パパはフランク、フランクというのをやめ、ママはしゃくりあげるのをやめ、ぼくの腕もジンジンいうのをやめた。でも、腕はちゃんとついている。時間は止まったままチクタクと動いていかないけど、マックスのまわりだけで動いていき、トットコはねながら玄関に行ったマックスはドアから出ていった。とたんに呪文が解け、ママはマックスのバックパックをにぎって、外にかけだしていく。それぞれちがう色の車が百台も描いてあるバックパックで、どの色も派手じゃないからマックスはだいすきだ。緑のと紫のは別だけど。

それからパパがぼくをだきあげたから、おなかのずーんと底のほうから悲鳴をあげてしまった。それは、床にドシン、グシャッと落ちてから、ぼくがはじめて出した声で、パパは**ああっ、フランク、ごめん**といって車の助手席に乗せてくれる。かがみこんでシートベルトをしめてくれたとき、また腕がすごく痛くてキイーッと声をあげてしまい、パパの顔についていた泡がぼくのズボンにたれた。その白い泡の上に頭の血が落ちてパッと散り、まるで雪の積もった戦場みたいだ。ママが運転席に乗りこんできてハンドルをにぎったけど、あんまり強くにぎりすぎて関節の骨が白く浮きあがって見える。車は急発進し、光よりも早く病院めがけて走っていく。

2 18 15 11 5 14

broken

骨折

ママがいうには、パパは仕事を休むと電話して、新しい学校でマックスになにかあるといけないから、うちで留守番しているそうだ。ぼくが車からおりるのを手伝いながら、ママはウルヴァートン小学校に電話をかけ、なにがあったか話した。受付のひとに、起きたことを全部つなげてきちんと話している。かっこいい！　骨が熱い金属でできてるみたいにずきずき痛むけど、ママとふたりっきりになれたから、あんまり気にならない。ジェイミーとアフマドと、もしかしてサムともいっしょに授業前のサッカーができなくなったけど、それだって平気だ。

病院に入って待合室に行くと、カウンターのうしろにいる女のひとが、ぼくの雪の戦場ズボンと、曲がった腕と、血だらけの頭を見るなり、待合室で待たなくてもいいという。病院に来たことは一度もない。今日までは。マックスが生まれた日だって、ママは病院に泊まらなかったから、ぼくも行かなかった。**なーんにも問題なかったのよ、**ママはほんとにうれしそうに、にっこり笑っていたっけ。**だから、すぐに帰っていいですよっていわれたの。**だけどいまはマックスの診察の予約をとって、何度も来ているのにちがいない。どこになにがあるのか、ちゃんとわかっているし、看護師さんとか働いているひとたちに、笑顔を見せたりしてるから。だけど、マックスがときどきするように、目はそのひとに向けていても、本当は見ていない。ママに笑顔をかえしたひとのひとりが、また会えてよかったなんて変なことをいったけど、ただのあいさつだったのかも。ぼくにはいわなかったけど。

だれかに、シーツみたいな感じがする白い布で腕をつられたときは、頭がおかしくなるくらい痛かったけど、腕が木綿の布にすっぽりおさまったら、ずっと痛くなくなった。ママとぼくは、四方のカーテンをシュッと閉めると部屋みたいになるところで待たされた。カーテンが閉まってるときにやってきたひとは、ドアがないからトントンと口でいう。カーテンには一面にライオンと、トラと、木と、さあっと広がった青空の模様がプリントされていて、ちっちゃい子だったらジャングルにいるって思うかもしれないけど、ぼくは動物が何びきいるか数えただけだ。四十七ひきまでいったところでママが電話にしゃべったから、ごちゃごちゃしてわからなくなった。ママはいまにもマックスの学校から電話がかかってきて、**すぐに**お子さんを連れて帰ってくださいっていわれるんじゃないかと待っていたんだと思う。だけど、ほんとに電話をかけてきたのはパパで、マックスが無事に学校に着いたってことや、ビスケットや**床一面に**

流れてる血をそうじしなきゃいけなかったことを話していた。ぼくもキッチンを見たかったなあ。ホラー映画みたいなシーンが、うちのなかにあったんだから。

　電話を切ったママが、ぼくのおでこにこぶができてるというから、指でさわると熱いかたまりがあって、つぶれたイチゴみたいなものが手につく。そこへお医者さんがやってきて、トントンと口でいってからカーテンをあけ、ぼくのおでこを見るなり、糊でくっつけなきゃっていうから、ゲラゲラ笑いが止まらなくなった。お医者さんが鉛筆ケースからスティック糊をとりだして、ぺたっとおでこをくっつけるなんて。するとママが、**バカ笑いしてると、頭のなかを見なきゃって先生にいわれるわよ**っていうから、ますます笑いが止まらない。するとお医者さんまでおもおもしい口ぶりで、あなたは笑い病にかかっていますねといい、残念だけどそれを治す薬はありませんとつけくわえてから自分も笑いだし、わたしも感染しちゃったわという。新しい布につられた腕は、まだキリキリ、ザクザク痛いけど、なんだかうきうきしながら、レントゲンをとってもらいにいくことになった。自分の骨を見られるなんて、ほんとわくわくする。新しい六年生の赤いトレーナーをはさみで切られたって、平気だ。トレーナーの下の腕は、太ったナメクジみたいに腫れていて、皮膚がぴんと張っていた。

　レントゲン室までママは歩いていくけど、ぼくは車輪がついた特別のベッドで病院の廊下をびゅっと飛ばしていくことになった。ベッドをおしてくれるひとはミックさんといい、口ひげをはやし、腕にライオンのタトゥーがある。ミックさんはぼくに学校のことや、サッカーのことや、すきな映画のことをきいてから、小さいころ、お母さんにお金をもらって映画館に行っていたと話してくれた。お母さんはいつも、うしろの一等席で見なさいといって五十ペンスくれたけど、ミックさんはそれより安い席のチケットを買って、残りのお金でおかしを買ったんだって。しゃべっているあいだ、ぼくの口のなかにもあまい味がするように、おかしの名前をつぎつぎにあげてくれる。パイナップル味の四角いキャンディ、アニスシードの香りがするねじりあめ、大麦糖のキャンディ、ピンクのリンゴあめ……。聞いてるうちに、腕のずきずきや、おでこのこぶを忘れてしまった。

レントゲン室に着くと、ミックさんはウィンクしてから、曲がりかどがいくつもある、白い廊下をハミングしながら歩いていってしまった。レントゲンをとってくれるひとが、腕を動かしてねというから、腕が痛いのを思い出し、骨を見たくてわくわくしてたのも、口のなかのあまい味も消えてしまう。腕を銀色のテーブルにのせると、ママがX線よけのへんてこなエプロンをかけてるのが見えて、おかしくてたまらなくなったけど、それでも腕が悲鳴をあげるのを止められず、両手で、真綿をあつかうようにそっと腫れあがった腕の向きを変えられたとたんに、口からさけび声がとびだした。ママは、**がんばって、フランク。あなたは強い子でしょ**といって、頭のてっぺんにキスしてくれたけど、何度も、何度も、何度も大声をあげて泣いてしまう。

　そのあとは、それほどひどいことは起こらず、ぼくの腕はまた白いシーツみたいな布で肩からつられて、ミックさんがカーテンでかこった小さな部屋にビューンと連れてってくれ、レントゲン写真ができるまで待つことになった。廊下の窓にうつる自分の顔を見ると、泣いたせいで涙のすじがついてるけど、ミックさんはそのことについてなんにもいわない。で、自分の車の話をしてくれ、そのマーヴィンという名前の車は、うちのパパよりも年上だという。うちの車には名前がついていないから、ミックさんにそういうと、ミックさんにはもうおとなになった四人の子どもがいるし、ウィンストンという犬もいるけど、マーヴィンはミックさんのかわいい赤ちゃんなんだって。

2 15 14 5 19

bones

骨たち

お医者さんがレントゲン写真を見せてくれた。ぼくの腕はぼおっとしたグレイで、そのなかに、どきっとするくらい白い線が何本も走り、そのうちの一本が真ん中から折れている。折れた骨の両方はおたがいに手をのばしていて、ギザギザしたふちが、幽霊のジグソーパズルみたいにぴたっとはまらなきゃいけないのに、すごくぐちゃぐちゃむずかしそうで、ハロウィーンのなにかみたいだ。ああ、アフマドとジェイミーに早く見せたい。ぼくの腕は完璧に折れていて、完璧にクールだ。サムが腕を折ったときは、色とりどりのしま模様のギプスをしていて、ざらざらして重たいギプスに、みんながフエルトペンで名前を書いてから、ガリガリと絵も描いてインクをしみこませ、サッカーをするとき、サムはずっと審判をしていたっけ。

　思いっきり明るいブルーのギプスを選ぶと、ママは両手で目をふさいで、**みんな、まぶしくて、くらくらしちゃうわよ**といい、ふたりで顔を見あわせて笑ってから、ふいに心配になった。マックスがすきなブルーを選んだつもりだけど、ローダさんの派手な黄色のベストを思い出したから。変えたいといいたかったけど、ギプスを巻いてくれるひとは、もうブルーの包帯を何巻も何巻も用意している。お医者さんがくれたチョークみたいに白い薬を二粒飲んだから、腕はそんなに痛くないけど、頭のなかにいろんな考えがつまっていて、いまにもとびだしそうだ。ギプス・マンの両手はすごいスピードで動き、ぼくの腕はクリスマスプレゼントより念入りに美しく、ブルーに包まれていく。あんまりブルーすぎるから、心配でたまらない。

おでこの傷を糊づけしてくれたのは、笑い病のお医者さんではなかった。緊急の呼び出しがかかってお医者さんが出ていくのを、ママとぼくは見ていた。病院じゅうのお医者さんがカーテンの四角からいっせいにとびだし、走ってるみたいなおかしな歩き方で別の部屋に入っていった。その部屋のドアには緊急の患者以外は入ってはいけないと、怒ってるみたいな大きな札がかかっていて、緊急の患者だったら、お医者さんがその部屋に連れていってくれる。

笑い病のお医者さんのかわりに糊づけしてくれたのは、セイディさんという看護師さんで、スティック糊ではなく、もっとねっとりした糊だった。痛かったけど、あなたは勇敢そうに見えるというセイディさんを信じたかったから、痛くないといった。緑っぽい顔色になったママが、おおいそぎでパパに電話をかけてきてもいいかときくから、気分が悪くて吐くのかもと思って、**いいよ、早く行ってきて**という。吐いたりしたらいやだ。セイディさんは傷を見ながら、たぶん傷あとができるけど、そしたら女の子にすごくもてるという。女の子とは遊ばないから、傷あとを気に入るかどうかなんてどうでもよく、それよりもジェイミーとアフマドとサムに、糊づけしたたんこぶを見せびらかしたい。

セイディさんは、マインクラフトとかスポーツとか、ぼくのすきなことについてめちゃくちゃ質問してきて、親切なひとだし、ウソじゃない笑顔だから、ぼくもちゃんと答えた。大きくなったらなにになりたいかってきかれたので、いままで思ったこともないのに**探偵になりたいんです**と答えたら、口から出たとたんにその気になった。探偵は暗号を解けるから。セイディさんは、**まあ、すてきね**といってから、ママとパパも探偵なのかときく。ママがシャーロック・ホームズみたいな帽子をかぶって、拡大鏡を持っているところが目に浮かんで、笑いだしてしまった。で、パパはコンピューターの暗号を作る仕事をしているけど、ママは画家だったのに、いまはもう描いていないっていったら、のどがつまってしまった。セイディさんは、**画家さんなんてすばらしいじゃない**といってから、自分もだれかのおでこを糊づけしていないときは、絵を描くのがだいすきだといった。ママはなにを描くのがすきかときかれたから、空のぐるぐるの渦巻や、さっととび散る色や、夜空にまぶしくかがやきながらめぐっている星雲のことを話したら、セイディさんはわかったみたいだ。

それから、きょうだいのことをきかれたから、もう少しでいないっていいそうになったけど、マックスのことを話した。腕をパタパタさせたり、溶けてしまったり、変な声をあげたり、かんだりすることや、公園にいた年上の男の子たちがいった言葉や、新しい学校のことも。セイディさんが、マックスはなにをするのがすきかときくから、変な質問だなって思ったけど、ちょっとのろのろと『**あかちゃんのカタログ**』とか、洗濯機とか、絵を描くのはすきだけどしゃべらないと答えると、セイディさんはうなずいて、お気に入りの映画はあるのかときいてくる。アニメの「カーズ」と「カーズ2」だというと、セイディさんは興奮した顔で目をかがやかせ、自分の息子のボビーがだいすきなアニメも同じで、やっぱり五歳で、いちばんすきなのはスパイダーマンだという。ほかにもボビーがすきな映画でマックスもすきなのがあるかきいてきたから、あるからあると答えると、スマホで写真を見せてくれたけど、ボビーは金髪の巻き毛のどこにでもいるような小さな男の子で、スーパーヒーローのティーシャツを着ている。だから、マックスみたいな子かってきいたら、ぼくがきいたような意味ではちがうけど、すきな映画がいっしょで、ほかのこともそっくりで、ふたりともはじめて学校に行くからおんなじだって。そんなの、なんの意味もないし、ちっともおんなじじゃない。

　おでこの糊づけが終わると、セイディさんは、うちに帰っていいけど、今日は学校に行かないでという。ママはまだパパに電話していて、ぼくのジグソーパズルみたいな骨のことをしゃべっているから、セイディさんから、ママといっしょにうちに帰らなきゃいけなくて、ウルヴァートン小学校には行けないと話してってたのんだ。というわけで、六年生にぼくのギプスを見せるのは明日になる。

ママが処方箋とかいう紙切れをもらい、その紙切れと、ずきずき痛むのを止める、あのチョークみたいに白くてまるい薬を交換してから、やっと、やっと、やっとうちに帰れる。病院を出るとき、セイディさんとは別の看護師さんが**じゃあ、またね！**って笑顔でママにいうから、どうしてそんなことをいうのかとママにきいたら、ママはぼくの髪をくしゃくしゃとやってから、ギプスをはずしにくるときにねっていう意味だといった。

外を歩きだすと、いつもとぜんぜんちがう。明るいブルーのギプスが重くて、沼にすっぽりはまったみたいで、おまけに変なにおいまでする。ペンキと、ほこりと、なにか鼻にツンとくるもののにおいだけど、いったいなんだろう。ママにいま何時かきいてみた。きゅうにおなかがペコペコになったからで、腹ペコのカバより腹ペコで、馬だって食べられるというと、ママはうちの冷凍庫に馬が入ってたかしらと首をかしげてから、**もしかして、入ってるかも**とクスクス笑いだした。

ママは、ボタンをおさなくても暗いところで針が光る腕時計をのぞいて、もうお昼の時間だといってから、マクドナルドに行けるけど**シーッ、パパにはないしょね**だって。とたんにおなかのハッピー風船がはちきれそうにふくらんだけど、ビッグマック二個とマックシェイクのストロベリーミルクが入るところはあいている。食べるときに両手を使っていたなんて、いままで気がつかなかったから、片手だけで食べるのはすっごくおもしろい。ビッグマックを食べるときもナイフやフォークを使わなかったら、やっぱり上手に食べられなくて、ブルーのギプスにケチャップがぽちぽちついてしまった。ママは気にしなくてもだいじょうぶといってから、ぼくのことを**泥んこワンちゃん**と呼んだ。そのあとで紙ナプキンを使って三目ならべ（九個のマス目に○と×を交互に書いていって、早くたてか横一列にならべたほうが勝ち）をして、ぼくがユーチューブのビデオをママに見せたあと、さあ帰りましょといわれるかと思ったらアップルパイも買ってくれ、それからハングマンゲーム（相手が考えた単語を当てるゲーム）もして、ぼくが七回つづけて勝った。

23 15 18 18 25

worry

心配

車でうちに帰るときには、おなかいっぱいで、ほかほかしていて、焚火で温まった森の洞穴でウサギを食べた野生の少年よりずっといい気分だった。ママは曲がり角に来るたびにスピードを落とし、ぼくの腕がとびあがったり、横ゆれしたりしないようにしてくれる。レントゲン写真が目に浮かんで、早く動いたりしたら、骨がずるっとずれちゃうかもって心配だったから、ほっとした。セイディさんは、折れた骨はそのうちにしっかりと編みこまれていくっていってたけど、骨は毛糸じゃないのにおもしろいことというな。それから、歯も骨だって教えてくれたから、車のミラーで見てみたけど、いつも見ている口のなかのちっちゃな白い四角が、急に信用できないものに見えてきて、舌でさわったりしたくない。するとママが、マックスのはじめての学校はどうだったかしらといいだし、くちびるは笑ってるけど、目が緊張しているから、骨の歯のことはどこかへ飛んでいってしまい、ぼくも心配になった。ママは短い髪を包んでいるブルーのシルクのスカーフを、しきりになでている。

ママの髪は、前はとっても長くて、背中に黒い川みたいにたれていた。きつくブラシをかけるとパチパチ音がして、つやつやかがやいていて、なにかをいっしょけんめいに考えているときなんか、くるくるっと頭のてっぺんに巻きあげては、絹糸の滝みたいにするっと落としていた。マックスはママの長い髪がだいすきで、両手を髪のなかに入れてすっかり指にぐるぐる巻きつけることができないと、しくしく泣いたり、大声をあげたりした。マックスはいつもやさしく、そっとやるわけじゃないから、ママにやめてっていわれると溶けて悲鳴をあげ、もう一度髪に手を入れさせてもらうまでやめなかった。二、三か月前にママは美容院にいき、髪を短く切って帰ってきて、キッチンをのぞいたらまるっきり知らないひとがいるみたいだった。それから三日間、マックスはなにも食べなくなり、なにがなくなったのか調べているみたいに新しい髪をぎゅっとひっぱるから、ママは痛くてたまらなかった。だからいま、ママはスカーフとかバンダナで頭をぴったり包んでいて、マックスのほうもママの髪のことを忘れはじめている。

ドアをさっとあけたパパは、ぼくの腕と頭を見るなり、感心してるように低い口笛を長く吹いた。それからぼくの肩をだき、おでこのたんこぶをじっくりながめ、**お医者さんは、頭がころっと落ちたらどうするか教えてくれたかい？　けど、まじめな話、きみのおかげで仕事を休**

むことができて、ほんとに感謝してるよというから、ぼくはクスクス笑ってしまい、ママはチョークみたいな白い錠剤が入った紙袋でパパをたたいた。

マックスはリビングの床にすわっていて、宇宙パンツをはき、グレイと黄色のしまのティーシャツを着ている。宇宙パンツをはいているのは、トイレがこわくて、流すときのザアッという音と、どこからともなく出てくる水がおそろしくてたまらないからだ。もちろんマックスが宇宙パンツと呼んでいるわけじゃないし、本当はおむつだけど、赤ちゃんより大きな子のためのもので、一面に宇宙がプリントされている。おむつのことは、だれにもいっていない。マックスは『あかちゃんのカタログ』を見ながらテレビも見ていて、片手で目玉みたいなボールをぎゅっとにぎっている。ぼくが学校のバザーで買ったボールでマックスのじゃないけど、いわないことにした。新しい学校はどうだったのかわかるかもしれないと思って、顔をのぞいてみた。すごく青白い顔で幽霊みたいに光ってるけど、マックスはいつもそうだし、濃い色の目のまわりに疲れたみたいなくまができているのも、いつもと同じだ。でも、あざはないし、両手に怒ってかんだ赤い歯のあともないから、きっと学校はだいじょうぶだったんだ。

おい、マックス。ぼくは、椅子から落ちて腕を折ったんだぞ。で、ブルーのギプスをつけられたけど、そんなに痛くないし、ほら、頭だって糊でくっつけてもらったんだといった。マックスは疲れたような目のすみで見てから指を口に入れ、その指でギプスをさわってきたから、

きたないなって思ったけど、よけたりはしなかった。ギプスの色が思ってたほど派手じゃないとわかって、ほっとした。もし派手すぎたら、マックスの指は、火傷してしまうから。マックスは、ぼくみたいに色を目では見ずに、体全体で感じる。だからきっと、色のついたものを食べようとしないんだと思う。ただの一度だって。

マックス、学校はどうだったとききき、**楽しかった？**　といいながら笑ってみせ、**つまらなかった？**　とバカみたいなしかめっつらをしてみせた。マックスはケラケラ笑いながら、べとべとの指でぼくのほっぺたをひっぱってしかめっつらをさせたけど、ぜんぜんきいたことには答えない。親指を上げた絵がついた「いい」のカードと、親指を下げた「だめ」のカードを持って、**選べ！**　といったけど　クスクス笑いながらまたほっぺたをひっぱり、はずみでべとべとの指が糊づけのこぶに当たったから、傷口が開くくらい悲鳴をあげてしまった。とたんにマックスは両方の耳に指をつっこみ、歯を**ガチッ**と食いしばると、体をぴくぴくさせて遠くの世界に行ってしまう。床から立ちあがろうとしたけど、片方の腕だけで立ちあがるのはむずかしい。しかたなくソファにくたくたとすわりこんでテレビをつけ、音を低くしたら、めずらしくマックスがぼくのとなりにまるまって、ちらちらと横目でテレビを見はじめる。

ママがリビングに入ってきて、そんなふうにふたりがいっしょにいるのを見るなんて、すっごくうれしいといってから、ふたりはママの世界だけじゃなくて、ぼくたちのいる宇宙で、星で、大空で、銀河で、果てしない宇宙だって、いつもとまるっきり同じことをいう。本当はぼくのことをだきしめたいけど、そしたらぼくの縫い目がほつれて、ばらばらになっちゃうかも、だって。もちろん、じょうだんだけど。それから両手でぼくの顔をつつんで、シナモンの香りがするハグをしてくれた。ぼくのだいすきなシナモンビスケットを作ってくれてるんだ。キッチンにあるビスケットのたねは、いろんな恐竜の形をしていたけど、オーブンに入れたらめちゃくちゃ大きくふくらんで、ずんぐりした短い足にへろへろのとげがついた、太っちょの動物になった。アップルパイと、ミルクシェイクと、ハンバーガーでおなかがいっぱいだけど、恐竜ビスケットを食べた。ママがぼくだけに作ってくれたものだから。

　マックスがポテトフライを食べ、お風呂に入らずにベッドに入り、しっかりくるんでもらったあとで、ママがマックスの名前を書いたグリーンのノートを見せてくれ、これは先生が毎日書いてくれる日記だといった。マックスが自分でしゃべっているみたいに書いてあるといいなと思ったけど、そうではなく、マックスがｉＰａｄでアルファベットのゲームをして、いろんな絵のなかから木琴の絵を選んだとか、フックにかかってる名札のなかから自分の名前を見つけたとか書いてある。まさか、できっこないよと思ったから、**マックスは字が読めないんだよ**といった。ママは肩をすくめて、**どうしてかわからないけど見つけたのよ。字数が少ないから、見つけやすかったんじゃないかしら**という。べとべとした頭の血でよごれてたのに、いまはピカピカになったキッチンの椅子にすわって、ぼくはむっつりとだまっていた。新しい学校でそんなことができるんなら、どうしてうちでやらないんだよ。どうしてふつうの弟みたいになれないんだよ。

19　23　5　5　20　19

sweets

キャンディ

つぎの朝、今日は一日じゅういっしょにうちにいてほしいとママがいいだし、ソファにいっぱい枕（まくら）やかけぶとんをおいて、テレビはなんでも見ていい、音をどんなに大きくしてもいいからっていうけど、そんなのできっこない。マックスが十二時きっかりに帰ってくるんだから。**でも、午前中はふたりっきりでいられるでしょ、そうしたいのよ。**ママはちょっぴりおかしな声になるけど、ぼくはもう、ちゃんと玄関（げんかん）の鏡で見てきていた。水にインクを落としたみたいにパッと広がったおでこの青あざと、糊（のり）がてんてんとついた赤い傷（きず）あとが**最高！**　早く学校に行って、アフマドとジェイミーとサムに、ギプスとぷくっとふくれた青あざを見せたくてたまらない。

なんども**お願い、お願い、お願い、**六年生になりたいんだというと、ママは**どうかしらねえ**と首をかしげたけど、マックスがオウムみたいな声をあげたので、**わかった、わかった、わかった**といいながら、どうしてマックスが鳥になったのかたしかめにいった。着がえようとしたけど、六年生のトレーナーはお医者さんがハサミで切ってしまったから持っていない。かわりに、背中になんにも書いていない五年生のトレーナーが出てきたので、引き出しのパジャマやソックスの下につっこむ。まず最初にポロシャツを着てみたけど、なかなか腕を通せず、思っていたよりずっとむずかしくて、顔はかっかとなるし、いらいらするし、だからよけいに五年生のトレーナーなんか着たくない。だいたい着られるかどうかもわからないし、赤ちゃんじゃないからママに着せてもらうなんてまっぴらだ。ポロシャツだけ着て下におりると、ママに**フランク、トレーナーはどうしたの？** ってきかれたから、ハサミで切られたからないというと、**じゃあ五年生のトレーナーを着なさい。**で、どっかにいっちゃったと答えた。

　自転車で学校に行けないから、みんなにビューンと追いこされながら歩いていくしかない。でも、うちを出ると門のところでアフマドとジェイミーが待っていて、ぼくのへんてこなブルーの腕を見るなり、しつこく指でつつきまくる。ジェイミーは軽くポンポンたたきながら、**やっべえーー**って低い声ですごくのばしていうから、ほんとに感心してるのがわかった。アフマドは母さんからといって、キャンディの袋をくれた。アフマドのお母さんは、腕を折った子は、キャンディをもらう権利があるって思ってるんだって。ほんとは、ぼくがもらったんだけど、アフマドとジェイミーにもわけた。キャンディは、どれもちがう味で、すごくすっぱいのもあって、口がきゅっとすぼむ。それからべろを出しあって、しわがよってるかどうかたしかめたけど、虹みたいにいろんな色で染まってるだけだ。ジェイミーにすごい紫になってるぞっていったら、いっしょけんめいに自分のべろを見ようとしてるのがおかしくて笑いが止まらなくなり、あっというまに学校に着いていた。

新しい担任はヘイヴァリング先生という女の先生で、ぼくたちが遅刻したのに、なんにもいわない。で、ぼくを見てにこにこ笑っているけど、そんなことをするなんて信じられなかった。だって、ヘイヴァリング先生は、昔の先生みたいにきびしいという評判で、デスクに木の鞭をかくしていて、氷みたいな声で**静かに**っていったのに、まだしゃべっている子がいたら、鞭でひっぱたくっていわれているから。先生が、ぼくの頭と腕を見て、もう一度にっこりするから、骨は歯だってことを思い出し、それから、ちがう、歯が骨なんだって思いなおし、先生の歯はグレイだなって思った。先生は、**フランク、学校に来てくれてよかった**っていってから、ジェイミーの横にすわらせてくれた。去年、エリック・モリスって子が、ヘイヴァリング先生はぜったいに友だち同士をいっしょにすわらせてくれなかった、**ほんとだぞ**っていってたけど。

7 15 12 4 5 14 18 1 20 9 15

golden ratio

黄金比

六年生になって最初の授業は、算数。ぼくは、算数がすきだ。答えがまちがってるか、正しいかのどっちかだし、ぼくはいつも正しいから。計算は暗号だからすぐ解けるし、ぼくは暗号の作り手になれるし、解いたりもできる。ささっと練習問題のプリントを終わらせてから、木と空気のにおいがする、ぴかぴかの新しいブルーのノートを開いて、新しい計算問題を書く。ぼくが折ったのは書くほうの腕じゃないけど、そっちの腕だったらノートパソコンを貸してもらえたり、だれかがかわりに書いてくれたりしたかもしれないから、そのほうがかっこよかったのに。表紙に、**フランク**って思いっきりきれいに、きちんと書いたつもりだったけど、ずるずるななめにすべっていき、どんどんぼくから遠ざかっていく。最初に開いたとき、バリッと鞭のような音がした教科書で、もっと大きな数の計算をはじめる。思いっきり桁をふやしたけど、数は無限だから、とても大きな数とはいえない。

算数のあとは、美術の時間だ。これからレオナルド・ダ・

ヴィンチのことを勉強することになり、ヘイヴァリング先生が、レオナルド・ダ・ヴィンチは画家**だけじゃなく**発明家でもあって、ヘリコプターの技術が開発される何百年も前に、設計図を描いていたんだという。**ね、すばらしいと思いませんか？**　先生は、ホワイトボードに絵を二枚ピンで留めた。一枚は、ぼくの知っているモナ・リザで、この絵はフランスにいるし、うちの本のなかにもいる。もう一枚は男のひとの古い絵で、そのひとの頭はひとつだけど、腕が四本、足が四本もあり、見たとたんにみんな、バカみたいにクスクス笑いだした。そのひとが、なんにも服を着ていないから。ヘイヴァリング先生は、笑いたいだけ笑わせておいて、ホワイトボードの前に立っているから、笑いがやまないまま授業が終わっちゃうかもって思っていたら、しばらくたつとみんなは笑うのにあきて、こそこそ話も聞こえなくなった。するとヘイヴァリング先生が、あることをいい、ぼくの頭を光速でひっぱたいた。**この絵のことを、宇宙全体のデザインをあらわす暗号だというひとたちもいるんですよ。**

ぼくの暗号は、言葉や、計算問題の答えや、ときには心のなかまで解きあかすことがあるけど、宇宙は解読できない。だって、不可能じゃないか。宇宙は無限で、暗黒で、不規則で、永遠より大きくて、ぼくたちはそのなかに浮かんでるちっちゃな粒にすぎないんだから。ヘイヴァリング先生をじっと見る。いまに先生は氷みたいにひやっとする笑い声をあげ、ウソですよ、みんなが笑ってばかりいて、なかなか授業がはじめられなかったから、じょうだんをいって、だましたんですっていうんじゃないか。

でも、先生はそんなことをいわなかった。

それは、宇宙全体を結びつける暗号なんです。

ぼくは身を乗りだし、全体重を椅子の前の足二本にかけた。そんなすわりかたをしちゃいけない、いまにすべって机であごを打ってくちびるをかみ、きのうのぼくみたいに腕を折るっていわれてるけど、かまうもんか。心臓が、胸のなかでドクンドクンと鳴っている。**宇宙全体を結びつける暗号なんです、**だって。まるで魔法みたいだ。宇宙がどういうものか解きあかしてくれ、ぼくのまわりに渦巻いているすべてをあるべきところにおさめてくれるなにかみたいじゃないか。

すると、ヘイヴァリング先生が、また口を開いた。この絵は**黄金比**と呼ばれるもので描かれていて、１・６１８対１というその比率は、画家たちが自分の絵を思いっきり美しく描くために使っているという。**人間の目を喜ばせるように、ですよ。**

とたんにがっかりして、胸をふくらませていた空気が、ヒューッとぬけていく。絵は、暗号なんかじゃない。そんなの、ありえないじゃないか。宇宙全体を解くことのできる暗号のはずがない。暗号みたいに解きあかすことはできないし、ちっちゃな裂け目を見つけて、ぐんぐん掘りさげて、意味をわあっと解放してやることはできない。絵がかくしているものなんか、あるはずないじゃないか。ノートにくるくるした字で**黄金比**と書いたけど、紙の上に平べったく、動かずに、じっとすわってるだけだ。本物の暗号だったら、解きはじめるとページの上でとびはね、カラカラと音を立てジャンプして、解いたときに爆発するのに。

ヘイヴァリング先生が、ホワイトボードをたたく。まだ絵のことや、レオナルド・ダ・ヴィンチは、このすばらしい黄金比を使って、男のひとの完璧な絵を描いたのだと話している。みんながまた笑いだしたけど、ぼくは気にしない。その絵の比率は、この上なく完璧で、人間の目にこの上なく美しく見えると先生はいうけど、ちっともそうは見えない。先生は、黄金比は宇宙全体のいたるところにあって、ぼくたちの腕や足の長さもそうだし、黄金比を使って描いたらせんは、ぼくたちの耳の曲線や、花や、松ぼっくりの形や、タマゴのカーブや、カタツムリのくるりとした殻や、宇宙から見た台風の渦や、渦巻銀河にもぴったりあてはまるという。黄金比は、宇宙と自然界とわたしたちをつないでいるんです、だって。

それからパソコンでレオナルド・ダ・ヴィンチを調べることになり、**黄金比**をグーグルした。画面から千個もの絵や写真が脳に飛びこんでくる。バイオリン、ゾウの牙、ソニック・ザ・ヘッジホッグ（ゲームのキャラクター）、アップルのロゴ、ヒマワリの花の中心、渦巻銀河。画面の線を指でたどり、宇宙じゅうでくりかえしたり、こだましたりしている形をたしかめた。**渦巻銀河**をチェックしていると、体がすうっと持ちあがり、回転しながら宇宙にのぼっていく気がする。銀河には塩をまいたように星がちりばめられ、渦を巻きながら、インクのような色をした無限の夜空に向かっていく。渦巻銀河の写真をプリントしてポケットに入れると、秘密みたいにひっそりとおさまった。

<黄金比で描いたらせんの図>

3　18　1　3　11　19

cracks

ポキンと折れる

休み時間に運動場に出たとたん、みんなが集まってきて、赤いトレーナーと、わくわくしている顔にとりかこまれた。**やっべーー**って言葉が頭に浮かぶ。今朝、ジェイミーがいったのと、おんなじ意味で。どの子も、ぼくのブルーの腕と前髪の下にかくれてるブルーのあざが気に入ったみたいだ。ざらざらするギプスをなでたり、痛いかってきいたりする。首を横にふったけど、折れたときにグシャッと音がしたってところで声をはりあげたら、みんな最高だって顔になった。ノアが**サインさせろ、サインさせろ、サインさせろ**ってはやしたて、いちばんのりになるためにたたかうぞというように、太い黒のマジックペンを剣みたいにかまえた。それから、六年生のみんながネコやら、顔やら、マインクラフトのブタやら、爬虫類やらを描きはじめる。街の落書きみたいなのをまねするやつもいて、ブルーのギプスはアートでいっぱいになった。みんなに見えるように前髪をかきあげて、糊づけしたおでこを出すと、アフマドがそれって傷あとになるのかときいてくるから、あたりまえだろって顔でうなずいてみせたけど、胸のなかでは目のくらむようなまぶしい花火がドカンドカンとあがっていて、集まってたみんなもオーッとため息をつく。

　なんでケガしたのかってサムがきくから、どなったことや、キッチンの椅子のことはのけておいて、ツタにつかまって飛ぶ野生の少年の話をしようと思ったら、その前にノアがいった。

あの気持ち悪い弟のせいだな。ベビーカー見ただろ。あいつは、頭のおかしいやつを入れる病院からぬけだした、頭が変なやつだから。で、公園にいた男の子たちが使ったのと同じ意味のことをちがう言葉でいい、マックスを精神科の病院に入れなきゃいけないという。それから、よだれをたらしているように口をゆがめ、より目をして、ヒヒの赤ちゃんみたいにほっぺたをふくらませた。マックスにはちっとも似ていないけど、だれのまねをしているのかすぐにわかる。

　骨を折ったときの腕みたいに頭がじんじんしはじめ、脳のなかを怒りの光線が泡立ちながらはねかえり、ぐるぐる回転しはじめ、ぼくは男の子の皮膚をかぶった真っ赤な溶岩になってぐつぐつ煮えたち、いまにも目や耳や口から溶岩が流れだして、火花をあげる溶岩だまりになるだろう。サムは、じっとぼくの顔を見ている。ノアはまだ利口ぶったバカづらで笑いつづけているけど、ぼくはなにもいわない。熱い口を開いたら、溶岩が流れだしてぼくが消えてしまうから。

赤いトレーナーはあちこちに散らばり、サッカーや、大なわとびや、ブルドッグ（距離をおいてラインを二本引いてオニ以外の者がラインのうしろに立ち、あいだに立ったオニが両方向から走ってくるひとをつかまえ、つかまえられたひともオニに加わるゲーム）をしに行ってしまった。するとアフマドが**だまれ、ノア**といい、ジェイミーも、**そうだ、そんなまねはやめろ**といい、サムがサッカーのおしあいより強くノアの肩をおすと、ノアはパパが教会でどこかの男にいったのと同じ悪態をつく。その男は特別なお祈りでマックスを治してあげるといってきたのだ。ノアは、使っちゃいけない言葉をありったけ使ってマックスの悪口をいい、特大のベビーカーや、バカみたいな本や、マックスが立てる音や、両手をパタパタさせてはねるように歩くことまで言い立てる。

　すると、ジェイミーとアフマドとサムは、げんこつをかたくにぎってマックスのためにたたかってくれ、ノアをパンチしたり、けったり、どなったりして、ほっぺたをふくらませ、ママが聞いたら泣きだすような言葉をつぎつぎにくりだして攻撃してくれているけど、ぼくは鉛みたいに重い、骨の折れた腕をかかえてじっと立ったままでいて、それから残りのぼくもポキンと折れてしまい、その音はジグソーパズルみたいに腕が折れたときより大きく、ぼくの横で起きているさわぎよりも大きい。口をぎゅっと結んだまま歩きだすと、折れたところから熱いものが流れだして、溶岩の涙がほっぺたを流れるのを感じたけど、ぼくはひとことも口をきかなかった。

5　13　16　20　25

empty

からっぽ

終業のベルが鳴ると、アフマドとサムとジェイミーがいっしょに帰ってくれた。三人はノアとなぐりあったり、ののしりあったりしたので興奮している。三人とも、明日は罰として放課後にいのこりしなさいっていわれ、ヘイヴァリング先生にむちゃくちゃ怒られたのに。**あなたたち、いったいなにをやってるんですか？**　と先生はいった。なにをやってたかぼくにはわかっているけど、先生がききたかったのはそういうことじゃない。告げ口したくないから、だれもノアとマックスの名前は口にしなかった。で、明日の昼休み、けんかした全員がゴミひろいをすることになった。けんかしなかったぼくは、金属の棒でコーラの缶をつついて集めたり、風にさらわれたポテトチップスのあき袋を追いかけたりしなくてもいい。

　アフマドとジェイミーとサムは、体そうの時間も運動場で遊ぶときも、ノアをぜったいにチームに入れてやらない、あいつはむちゃくちゃだから、ビリビリにひきさいてやるという。ぼくもとっくに億万個の黒いかけらになっていたけど、ノアではなく、ぼくをそうしてほしい。さっきもなにもいわなかったから、ぼくはなにもいわず、いまはもうかたくしまった口を開くこともできず、体のなかがすっかりからっぽになり、おなかのなかの熱く燃えるボールみたいなものだけが、ドックドックと動いている。アフマドとジェイミーとサムは、ぼくがだまっているのは、悲しくて怒っているからだと思っていて、それはそのとおりだけど、三人ともまちがっている。ぼくがそうなってるのはノアのせいじゃないし、マックスのせいですらない。ぼくのせいだ。

　サムが家に帰ってから、三人で未開の荒野に行き、アフマドとジェイミーが空に向かってどなったけど、ぼくは木々におしつぶされそうな気がして、いっしょにどなれなかった。今日は、ちっともワイルドな気分になれないし、地面に6と書く気もしない。

　のろのろと、家にもどった。ママがお帰りといったからうなずくと、今日マックスは学校でとってもすばらしかったから、ぼくたちはじまんに思わなきゃといい、きのうのぼくみたいに、思いっきりふくらんで、いまにもはちきれそうなハッピー風船になっているけど、ぼくの風船はとっくに窓から飛んでいってしまい、もう永久にもどってこないだろう。ママはお祝いをしたいけど、外で食事はできないし、マックスはいつも同じものしか食べないので特別なごちそうも作れないから、マックスにはちっちゃなプレゼントを買い、ぼくにはマッシュポテトのあいだにひき肉をはさんだ、だいすきなコッテージパイをこしらえてあげるという。いらないというかわりに首を横にふり、棒みたいにやせた足が運べるだけ遠くに逃げていきたくなった。

今日は火曜日なので、マックスはアンジェリークさんといっしょにいた。**お帰りなさい、フランク。あらあら、戦争から帰ってきたみたいな顔をしてるね**といわれたから、うなずいただけで、返事はしない。**ネコに舌をぬすまれたの？**「はい」の印の親指を上げたカードと、「いいえ」の親指を下げたカードをアンジェリークさんは差しだし、気持ちのいい声で笑うけど、ふざけているとわかっていたから受けとらない。

マックスは、きらきら光る水のはいったチューブを顔のすぐ近くでかたむけて、なかの水を上げたり下げたりしている。でも、ぼくたちの話はちゃんと聞いていて、ちっちゃなウサギみたいに、もぞもぞぴょんと立ちあがると、チューブをぼくに差しだす。受けとろうと手をのばすと、なにか大事なことを思い出したみたいにジャンプして、本当に思い出した証拠に、最初にきらきら光るチューブを描いた小さなカードをぼくにわたしてから、手をのばしてきた。

アンジェリークさんは、ぱっと笑顔になって、**わかってるのよ、マックスは、ほんとにわかってるんだわ**という。ぼくが受けとったカードをわたすと、マックスは歌詞のない歌をうたいながらチューブをくれた。受けとったチューブのきらきら光る水は、まるで星の渦みたいで、マックスがまだじっと見てるから、ほしいんだなってわかり、カードを受けとってからかえして、アンジェリークさんがやるように両手を使って**サンキュー**っていってから自分の部屋に入った。コッテージパイを食べに出ていかないし、暗号もひとつもできないし、もうなにもかもめちゃくちゃでわけがわからない。アンジェリークさんがママに、マックスがカードを使ったことを話している。ママの、マックスのことがうれしくってたまらない声が聞こえ、ぼくのまわりの空気がチカチカ光りだす。

夕食の時間になっても出ていかないから、ママがドアからのぞいて、気分が悪いのかときき、うんとうなずいた。本当だったから。おなかの底でかっかと燃えている恥のボールのせいで、吐き気がしていたから。

2　18　15　20　8　5　18

brother

弟

ママとパパにマックスが生まれる前のぼくは、いまのぼくとはちがっていた。マックスが来るまでは、ふいにおなかにわきでてくる不安や、もつれあった縄みたいな心配や、燃えるようなはずかしさを感じたことはなかった。

　ぼくが五歳のとき、生まれてから何時間何分何秒か後のマックスを連れて、ママとパパが病院から帰ってきた。マックスは、ぼくにプレゼントをくれた。ずっと、ほしくてたまらなかった赤いプラスチックのバイクだ。バイクは赤ちゃんのひざに乗ってたけど、本当はマックスがくれたわけじゃなく、ママとパパに**ちっちゃな弟にこんにちはっていいなさい**っていわれたけど、ぼくはバイクがほしくてたまらず、もう自分の手で持ってるような気がしていて、車のシートに寝かされている、ぷくぷくの赤い顔をした赤んぼうに話しかけたりしたくなかった。話したってわかるはずないし、これっぽっちもぼくの弟って気がしなかったから。ママは、いまに変わるから、大きくなって、お兄ちゃんがだいすきになって、ゲームをしたり、おもちゃで遊んだり、ふたりだけの秘密を持ったりできるからっていった。

　でも、ぼくが八歳でマックスが三歳になっても、いっしょにゲームをしたり、おもちゃで遊んだり、ふたりだけの秘密を持ったりできなかった。マックスはママとパパがそうなるだろうと思っていた子とはちがっていた。いっしょにリビングにいるときも、音を消したテレビを見ているぼくのそばで、マックスは床に両手と両ひざをついて体を前後にゆすりながら『あかちゃんのカタログ』をながめてフンフン鼻を鳴らし、ママやパパやぼくのほうを見ようとはしなかった。お医者さんに特別に診てもらおうとマックスを連れていったあと、ママはお医者さんからもらった紙に書いてあることがいやでたまらず、頭をかかえてワアワア、ワアワア泣いた。診察のときにお医者さんから同じことをいわれていて、紙切れ**は正式な診断書**だったのに。

　ママはパパに、**わたしたちはこの子がとってもほしくて、いままでこの子のためにいっしょけんめいやってきたのに、なんでこの子はこんなに遠くにいるのかしら**といった。パパは、いままで聞いたことのないきびしくて悲しい声で、**いまだってぼくたちはこの子がとってもほしいのにかわりはないし、だから、この子はここにいるんじゃないか、少しずつ、少しずつぼくたちに近づいてくるよ**といった。それから、ママが持っていた紙切れを読んで、おそろしくきたない言葉を吐き、**マックスはぼくたちの子どもで、この子がマックスなのはちっとも変わらないし、ほかの子と同じようにすばらしい子どもじゃないか**といった。パパのどの言葉も、ちょっとふるえていた。それからパパが、マックスがよくやるようにその紙をビリビリにやぶると、マックスがむちむちした赤ちゃんの足でとことこ走ってきて加わり、ぼくたちみんなでお医者さんが書いた紙を億万個の小さなかけらにして、マックスはやっぱりいつものマックスのままでいた。

　ぼくは診断書が雪と塵になってしまうまで読んでいなかったけど、ママはぼくをすわらせて、なにが書いてあったか話してくれた。マックスは**自閉スペクトラム症**だとママはいったけど、なんのことかさっぱりわからなかったから、その言葉だけがふたりのあいだにぽかんと浮いた。ママはつづけて、それはマックスが、ぼくやママやパパやジェイミーやアフマドやMおばあちゃんとちがうやり方で世界を見たり感じたりするってことで、ちょうど特別なメガネをかけているようなもの、そのメガネを通して、音や光や色が脳のなかに、ぼくたちにはわからないようなやり方で流れこむのだといった。そのとき、ぼくの頭に浮かんだのは『**オズの魔法使い**』に出てきたエメラルドの都のことで、その都では緑のメガネをはずすとなにもかもちがった色をしている。オズの都にいるのはマックス？　それともぼく？　ママは、**つまりね、マックスは助けてもらわなきゃいけないときもあるけれど、そのほかのことについては、みんなとはちがうやり方であっても、とってもよくできるってことよ**といい、**みんなとはちがう**という言葉を、ほとんど同じって言葉みたいに使いつづけていた。それから、ぼくのほっぺたをなでながら、**マックスは、この世界が、どんなふうに動いているか、ときどきわからなくなるのかもしれないわね**といった。

ぼくは、片手(かたて)で床(ゆか)をペシペシたたきながら、クスクス笑っているマックスを見て、みんなとはちがうってどういうことだろうとか、おとなたちって、どうしてこんなふうに話すのかなとか考えながら、**ぼくだって、この世界のことなんかわかんないよ**といった。ママは、くちびるのはしだけをちょっと上げて、疲(つか)れたようにほほえむと、**わたしにもわからないのよ、フランク、わたしにも**といった。それから、ぼくをぎゅっとだきしめ、マックスはぼくの弟で、マックスのために勇敢(ゆうかん)にならなきゃいけないときもあるかもしれないといった。そして、マックスとぼくはママにとってなにかときくから、ぼくはうたうように大きな声で、ぼくたちはママの世界だけじゃなくって、ぼくたちのいる宇宙(うちゅう)で、星で、大空で、銀河で、果てしない宇宙だよといい、ママはぼくをだきしめたまま放そうとしなかった。

21　14　9　22　5　18　19　5

universe

宇宙

つぎの日、学校に行くと、ノアを見るたびに胸がむかむかしてきて、ノアがいったことや、ぼくがいわなかったことばかり頭に浮かんできた。お昼休みになると、どっちみち腕のせいでできないけど、サッカーはせず、審判をやれといわれても頭が痛いとかなんとかブツブツいってことわり、アフマドにはウソがばれてるなとわかったけど、それでもアフマドはぼくといっしょにサイドラインにすわって、ポケットにかくしたキャンディを分けてくれた。

うちに帰っても、なにもしゃべらずにいたら、ママがしつこくきいてきて、**だいじょうぶなの？**って何度も、何度もいわれてしまう。くだらないテレビを見ていたら、あんまりくだらないので眠ってしまい、起きたら毛布でぐるぐる巻きになっていて暑くてたまらない。玄関でガリガリ音がするけど、マックスがやってるんじゃない。マックスは目の前の床で、自分と同じくらい大きな紙になにか描いている。ママがリビングに入ってくると、となりのマークさんもいっしょにいて、犬のニールを連れている。ニールは、ふわふわの扇子みたいなしっぽをしていて、左右にいきおいよくふっているのは、うれしいよっていってるんだ。ビロードみたいな耳をなでてやる。いつもみたいに、ママとマークさんはお茶を飲みながら絵のことを話すのかなって思っていたら、ママが**ニールといっしょに散歩に行きたくないか、ききにきてくれたのよ**という。マークさんがききたいんじゃなくって、ママがたのんだのにきまってる。

だけど、そんなのはどうでもいい。ぼくは、ニールと散歩に行きたい。本物の野生の少年が連れて歩いている、オオカミになってもらいたい。口はきかずにうなずいて靴をはき、公園に行くことにした。あのサッカーをしてた男の子たちがいないか心配が洪水みたいにおしよせてきたけど、いなくてほっとした。マークさんが、ニールのリードを持たせてくれる。真夜中の空みたいな紺色のリードだ。リードを手にぐるぐる巻きつけると、ニールがひっぱるので皮膚がぎゅっとなるけど、痛くなるほどひっぱったりはしない。マークさんがしゃべってくれるから、ぼくは口をきかなくてもよかった。自分がやっているデザイナーの仕事のことやなんかを説明してくれるけど、本当のことをいって、どんな仕事かわからないから、画廊の話とか印刷の話とかをしてくれるのをじっと聞いていたけど、ぼくはしゃべらない。ひとことも、ふたことも、しゃべらない。

するとマークさんは、ニールのことを**やさしい巨人**だといい、それはニールが馬と同じくらい大きいのに、ハエも殺さないからだといった。**馬だって、ハエを殺したりしないと思ってたけど**っていってから、その言葉が口のなかでブツブツつぶやいたり、頭のなかで考えたりしたんじゃなく、ぼくの口からとびだしたのに気がついた。だって、すごく大きな犬がハエを殺すなんてふざけてるし、バカみたいだって思ったから、ついしゃべってしまったんだ。

大きく口をあけてしゃべったから気分はよくなったけど、ノアとけんかのことを考えると、まだ元気になれない。✓印もないし、色つきの靴ひもでもないし、ハイトップでもないバカみたいなスニーカーをずるずるひきずり、枯葉の山につま先をもぐらせながら歩いていく。マークさんは、じっとこっちを見ていた。のどにつまった言葉が口からとびだしそうになってるのを気づかれたとわかったから、思いきって吐きだした。

それから、いろんなことを話したり、なにかについて話したり、なんにも話さなかったりした。ふたりとも口をつぐむと、あたりはしーんと静まって、ぼくの声も体のなかでわめいたりしない。話しているときに、サッカーや、学校や、黄金比の暗号や、宇宙のことをいっていると、とつぜんノアのことと、ぼくが加わらなかったけんかのことをしゃべっていた。そのことが口からとびだすと、胸のなかに深くしみついていたはずかしい思いが、消えはしないけど、ちょっとだけ色がうすくなった。マークさんは、しばらくだまっていてから、ふいに**ぼくにもマックスがいるんだ**という。マークさんにはスティーブンさんというお兄さんがいて、そのひとはマックスと同じだけど四十二歳で、いろいろちがうところはあっても、やっぱりくるくるまわるのがすきで、音がだいきらいで、だけどすべての音がきらいというわけじゃなく、ほかのおとなたちとグループで出かけることもよくあって、博物館やボーリングがだいすきで、映画館も音が小さくて明かりがついていればすきだという。

それから、スマホで写真を見せてくれた。スティーブンさんは横を見て、歯を見せて笑っている。でも、その笑顔は、うれしくないのにだれかに**笑って**といわれたときにマックスが見せる笑顔とはちがっている。あちこちやせて、ごつごつしていて、両手がわきで止まったままになっているから、パタパタさせているとちゅうで止まったんだなってわかった。スティーブンさんは、どこに住んでいるのかきいてみた。いまは特別な助けがいるおおぜいのひとたちと同じ家に暮らしているけど、週末にはいつもマークさんたちのお母さんとお父さんのところに泊まりにいき、マークさんも毎月一度はヨークシャー州まで何百キロも車を走らせて、スティーブンさんとピザを食べに行くんだって。スティーブンさんは、いつもとちがうことをしたり、ちがうところに行ってピザを食べたりするのをいやがるから、マークさんの家には来ない。マックスが知らない家にいるところを思い浮かべた。いっしょに住んでるひとが、お皿にポテトチップスをのせるのを知らなかったり、テレビの音を21に上げちゃったりしたら、マックスはどうなるだろう。気分のいいときは20、そうじゃないときは12にしなきゃいけないのに。

マックスが何百キロも遠くに、点にしか見えないくらいはなれたところにいたらって考えると、なにか針みたいなものがおなかを刺す。それから、ぼくとマックスがふたりだけで暮らしていたらって想像したら、もっともっとおなかが変になった。もしもママがいなかったら。マックスが床にドンドン頭をたたきつけて悲鳴をあげているとき、そんなとき用のあぶくが浮かんだチューブやクッションを見つけ、おでこにひんやりした手を当てて、

さあ、もうおしまい
だいじょうぶよ
だいじょうぶよ

マックス、ほうら、あぶくがぶくぶくいってるでしょっていってくれるママがいなかったら。

6 1 13 9 12 25

family

家族

つぎの日、学校には行ったけど、ノアのほうはぜったいに見ない。教室のいちばん前にいるヘイヴァリング先生が、すっくと立ちあがった。背筋を思いきりのばしているから巨人みたいで、これからなにか大事なことをいうんだなってわかった。それから先生はくるっとうしろを向き、ホワイトボードになにか書いてから一歩下がる。いつものきちんとした字で、**ファミリーツリー**と書いてあるのがわかった。家族の木、木みたいに見える家系図のことだ。ヘイヴァリング先生は、シャツの襟の先をひっぱってぴんとさせてから、六年生全員がとりくむ大きな発表会について話しだした。先生がカイに、ファミリーツリーというのはなんですかときくと、カイはふざけて、家の庭に生えている木のことだと答え、くだらないじょうだんなのにノアがクスクス笑う。ノアの声を聞くたびに、熱い怒りがわき、その怒りは、ノアがひどいことをいったときに、なにもいわなかったというぼく自身のはずかしさといっしょに煮えたぎる。

ヘイヴァリング先生が、**それはまちがいですよ**というと、ジェイミーが**家族の歴史のことです**と答えた。先生は、心からうれしそうな笑顔で、**そのとおりですよ**といってから、ホワイトボードに何回かフェルトペンを走らせて木を描く。さっと描いただけなのにとっても上手だ。それから、いちばん上にアレクサンダー・マーシャルとマリア・ペトロヴァと名前をふたつ書き、それを線で結んでから、たての線を下に向かって描いた。**わたしのひいおじいちゃんとひいおばあちゃんの名前です**と先生はいってから、ちっちゃな×を名前の横に書き、これは亡くなったという印だと説明した。とってもちっちゃいのに、すごく大きな意味がある印だ。

先生が書いていくうちに、葉っぱの上に広がったり、葉っぱからたれたりしている名前と誕生日や亡くなった日付で木はいっぱいになり、先生の家族の歴史が完成した。すべての枝が、いちばん上にあるひいおじいちゃんとひいおばあちゃんの名前からたれている。ふたつの名前の間にある横の線は結婚しているということで、あいだにあるたての線はふたりの子どもという印だ。子どもたちが結婚すると、新しい名前と横の線で結ばれ、生まれた子どもはたての線でつながっていく。

ファミリーツリーを描きながら、先生はそれぞれの名前と、そのひとたちのことを話してくれた。先生のおじいさんは鉄道のエンジニアで、おじいさんのお母さんのマリアさんは、百年かそれ以上前にロシアから来たという。先生の妹はお医者さんで、オーストラリアに住んでいる。弟は作家で、サセックス州にいて、子どもは三人、**ほら、ここに枝を描きましたよ、モリーと、ハリエットと、ザックです。**ヘイヴァリング先生はリチャードさんと結婚していて、ローリーさんというもうおとなになった息子がいて、もうすぐ赤ちゃんが生まれるから、ローリーさん夫婦のあいだに先生はちっちゃな枝を描いたけど、まだ生まれていないから名前は書かない。リチャードさんと自分のあいだにたれたローリーさんの枝の葉っぱを塗ってから、先生はローリーさんの横のあいたところを見つめ、ちょっとだけ手を止めた。口を開きかけてから、また閉じて、けっきょく先生はなにもいわなかった。

　ノアが、またクスクス笑う。ヘイヴァリング先生が、家系図に自分の名前を書き、それがアグネスだとわかったからだ。もちろんぼくたちは先生たちの苗字を知っているけど、名前はいわないのでわからない。でも、ノア以外のみんなは、ヘイヴァリング先生がさっさっとペンを走らせて家族の歴史があらわれてくるのを、魔法にかかったみたいにうっとりとながめている。

　今年の六年生のいちばん大きな行事は、それぞれが自分の家族の木を作って研究発表することですと、ヘイヴァリング先生はいった。だから、両親やおばあさん、おじいさん、もしかしてひいおばあさんやひいおじいさんがいたら、そのひとたちに家族の歴史をききなさい、両親やきょうだいをふくめて、家族ひとりひとりについて調べて、見つけられるだけくわしく、それぞれのひとのことを書きなさい、だって。先生はにっこり笑いながら、よく知っていると思いこんでいたひとについても、新しい、わくわくするようなことが見つかるかもしれないから、写真を探したり、そのひとの絵を描いたりするといいですよという。

　アフマドは、まいったなというように目をくるりとまわして、うちは親せきがうんざりするくらいおおぜいいるから、でっかいオークの木みたいになるかもと、ブツブツいう。いつだってアフマドの家は、いとこやら、またいとこやら、そのまたいとこやら、おばさんやら、おじさんやら、おばあさんやらおじいさんやらでいっぱいだから、やらなきゃいけないことがぼくよりどっさりある。ぼくには、マックスとママとパパと、Mおばあちゃんと、ママのお兄さんと、パパのお兄さんのサイモンおじさんと、パパのほうのおばあちゃん、おじいちゃんしかいないけど、パパの家族はパパが育ったスコットランド地方にいて、百万キロも遠くだから、ぜったいに会うことはない。前は、よく行っていたけど、マックスがうちからはなれるのをいやがるし、おじいちゃんやおばあちゃんも年をとったから会いにこられない。ママのお兄さんはアメリカにいて、それはすごくかっこいいけど、スコットランドよりもっと遠いから会いに行けないし、自分でも結婚式と葬式のときだけ会いにくるといっている。うちの家族のことやマックスのことをどう書いたらいいかわからないし、だいいちノアに読まれて、あのひどい言葉を聞かされるのはまっぴらだ。

　ヘイヴァリング先生は、ぴかぴかの真っ赤な表紙がついている新しいノートを配ってくれた。

横線を引いたページと、線のないページがある。このノートに調べたことを書いて、春学期の終わりにファミリーツリーの森を作るという。六年生の研究発表は毎年ちがっていて、去年の六年生はタマゴからひよこをかえし、その成長を記録して発表した。ニワトリは、いま用務員さんの庭のトリ小屋で暮らしている。口には出さなかったけど、ぼくたちも同じ研究発表をしたかったなって、がっかりした。ぼくは、ニワトリが土をひっかいたり、おたがいにコッコとやさしい声で鳴きあったりするのを見にいくのがすきだし、学校から帰るときに用務員さんがタマゴをくれることもある。黄身が、お日さまみたいにかがやいているタマゴだ。それから、二年生のときに、六年生がファミリーツリーを作ったときのことを思い出した。ボール紙とティッシュペーパーと絵の具で、六年生はすごく大きな木をこしらえて、講堂にファミリーツリーの森を作り、ぼくたちみんなでそのあいだを歩いたっけ。

2 5 6 15 18 5

before

前は

うちに帰ってから、ぴかぴかのノートをめくって、線のないページを出した。パパの両親とお兄さんのサイモンおじさんは、とっても遠いところにいるから、ちゃんと会って話すことができないし、本当はどんなひとかさっぱりわからないので、電話で話したらと思っただけで、おなかのなかがかたくなったけど、木の片側だけからっぽにするわけにいかないので、名前だけは書いておく。ちゃんと話がきけるのはママ、パパ、マックス、それにMおばあちゃんしかいないけど、マックスにだって、まだ話をきくことはできない。アンジェリークさんが出す絵を見て、正しい果物のカードをわたす練習をしているところだから。

　ママに生まれてからいままでの話を聞きたいっていったら、ちょっと驚いた顔をした。それからケラケラ笑って、ママが前は画家で、いまも画家だってことは知ってるよねという。手をひらひらさせてしゃべるから、頭に巻いた絹のスカーフもひらひらおどる。ノートに書きはじめると、ママの声がページの上ですらすらと字になっていった。

ママは、うちのすぐそばにあるMおばあちゃんとおじいちゃんの家で育ち、おじいちゃんは、ぼくが三歳のときに亡くなった。**だから、マックスには会えなかったのよねえ。**ママはしんみりといった。

パパとは大学で出会い、そのころのふたりはまだ十代で、若くて、なんの心配もなかった。パパが就職したとき、ふたりはお祝いにイタリアのベネチアに行った。荷づくりするとすぐに空港まで車で行き、その週末はずっとピザを食べたり、ゴンドラというおもしろい形の長いボートに乗って、運河を行ったり来たりしていた。ママはベネチアで有名な絵をいくつも見て、帰ってきてから描いた絵がはじめて売れた。ママが描いたのは、だれも見たことのない宇宙の絵で、星間塵の小宇宙や、無限の宇宙をたどる光の渦巻が、キャンバスの上に小さくおさまっていた。**渦巻銀河**という言葉が、ふいに頭に浮かび、ママが話をつづけているあいだ、ぼくの頭のなかで、ぶくぶくと泡立つ。

ママの絵がほしいというひとがどんどん多くなり、その数が描けないくらいふえると、ママとパパは屋根裏にアトリエのある家を買い、そしてぼくが生まれ、ママはちっちゃな赤んぼうのぼくをボンボンはねる椅子にすわらせてまた宇宙の絵を描いたけど、ぼくのいる宇宙は、前とはすっかり変わって見えたという。それからマックスが生まれたけど、ボンボンはねる椅子にすわらせると、キイキイ、キイキイ泣きわめいたから、ママは絵筆をおいた。ずっと描きつづけたいと思っていたけど……、ママの声は聞こえないくらい小さくなり、それからとっても静かに**いまはただ、とってもくたびれて、とってもいそがしいだけなのよ、フランク**という。

そのしゅんかん、**ぼくはマックスが憎（にく）くてたまらなくなった。**

19　20　1　18　4　21　19　20

stardust

星くず

　その晩、マークさんがニールと散歩に行かないかとさそいにきてくれた。マークさんは、まずはじめにママとお茶を飲み、それから仕事から帰ってきたパパとも話をはじめるから、いらいらして、ぴょんぴょん片足とびしながら、早く終わらないかとやきもきしてくる。マックスがニールの耳に指をつっこもうとするから、手首をつかんでやめさせると、キイキイわめく。

　やっと外に出てから、マークさんに渦巻銀河のことをきいてみた。ぼくにはよくわからないけど、マークさんはおとなだから知ってるかも。おとなが知ったかぶりをするってことは、ぼくだってとっくに気がついてるけど。マークさんが、髪をくしゃくしゃとやってから、ニールにテニスボールを投げると、ニールはすぐにとびついて、まるごとぱっくりやろうとしている。それからマークさんはスマホをとりだし、しばらく調べているうちに、ぼくが見たのと同じ写真がいくつも出てきた。**じゃあ、いまも宇宙の暗号に夢中なんだね**といわれて、ぼくはうなずいた。

うーん……そうだなあ、渦巻銀河の形は、黄金比の法則にしたがっている。ぼくが思うに、渦巻銀河の真ん中には、円盤みたいに星が集まったところがあって、そのまわりから出ている腕のような部分にも星がいっぱい集まっているから、渦を巻いているように見えるんじゃないかな。ほら、この写真みたいに。

マークさんを見ながらつづきを待っていると、マークさんはニールのよだれでいっぱいの口からテニスボールをとりだして、また投げてやる。ニールは、ボールを追いかけるより、食べちゃいたいんじゃないかな。

腕の部分に集まってる星がより明るく見えるのは、真ん中にある星より、どれも大きくて若いからだ。なぜ渦巻銀河が黄金比の法則にしたがっているかということについては、いくつかの説があるけど、ぼくたちが生きているあいだに答えが出るかどうかわからない。ぼくは謎のまま残ったらいいなって気がするけど、フランクはどう思う？

どうかなというかわりに、肩をすくめてみせた。ぼくは、どんなことについても答えを知りたい。たとえ、すみからすみまで理解できなくても。マークさんは、夕空からゆっくりと溶けていく光にむかって、ニールのボールを投げた。**宇宙に関する、ほんとにすばらしいことって、知ってるかい？**　渦巻銀河よりすばらしいことなんて知らないから、首を横にふってきいた。

なに？　すばらしいって、なんのこと？
ぼくたちはみんな、星くずでできてるってことさ。ぼくたちの体は、銀河で起きた大爆発によってできた、星のかけらから生まれたんだよ。何十億年も前に起きた宇宙の大爆発が、ぼくたちの体のすべてのはじまりなんだ。これは、本当のことだよ、ぜったいに。星は生まれて、そして死ぬ。ぼくたちとそっくり同じにね。で、星は死ぬときに、自分を形作っているものを、すべて放りだし、それが宇宙を通ってぼくたちに入ってくる。ぼくたちを作っているすべてが、最初は宇宙から来たんだ。ね、すばらしいだろう？

　ぼくたちはみんな、星くずでできている。

　こんなにすばらしくて、クールなことなんて、宇宙のどこを探してもない。

6 12 25 9 14 7

flying

飛ぶ

アフマドとジェイミーとぼくは、未開の荒野にブランコを作ることにした。ブランコといっても、一本のロープにつかまって飛ぶやつだ。ジェイミーの家の車庫で、ぐるぐる巻きになったブルーのロープを見つけたので、そのねじれたブルーのロープを、荒野の木のいちばん太くて、いちばん高い枝に結ぶ。アフマドが、ロープのとちゅうに太い結び目を何個も作った。しっかりつかまってモンキーボーイみたいに足を巻きつけ、すべったり、空中に投げだされたりしないようにするためだ。ぼくの腕には、まだチクチクするギプスがしっかり巻かれていて、はしっこがネズミ色になったり、ぼろぼろになったりしているので、また骨を折るかもとちょっと心配になったけど、しっかり両腕をロープに巻きつけて、鳥みたいに宙を飛ぶことができた。皮膚の下を、羽毛の先がツンツンつついてくる。ぼくはワシに、トビに、タカに生まれかわり、泥のにおいがする空中をしゅーっと舞いながら、獲物を探しまわる。ぼくは、無重力の世界にいる宇宙飛行士だ。

地球のはるか上にいるから、イバラのとげみたいにからまってくるノアの悪口や、マックスだけの特別な物や、溶けちゃうことや悲鳴も、ここまではとどかない。三人でびゅんびゅん飛んでいるうちに、太陽がすうっといなくなり、ほっぺたは風を受けて真っ赤になって、指をのばせば、ぼくたちを作ってくれた星に、もう少しでさわれそうだ。

それから三人で、いつものように地面に**6**　**1**　**10**と書いた。

6 9 24 5 4

fixed

くっついた

体の一部みたいになっていたギプスを、切ってもらえることになった。ギプスは、ウルヴァートン小学校の芸術家たちが描いた絵や字でよごれ、ぼろぼろになっている。ノアの名前がひときわ大きく書かれているので、「ノ・ア」という字がぼくのなかにしたたりおち、その二文字と、ノアのせいでぼくが感じたり、やってしまったりしたことだけは、ギプスみたいに切りはなすことはできない。マックスのことを公園で笑ったときから胸にいすわっている、吐き気がするような、何度あやまってもとりかえしがつかないような気持ちが、ノアのせいで体の芯までしみこみ、触手みたいに骨をぐるぐる巻きにして、学校でノアを見るたびにぎゅうぎゅうしめつけてくる。

今日は火曜日で、放課後まっすぐにママといっしょに病院に行った。いっしょけんめい目で探したのにセイディさんも、ミックさんも、スティック糊のお医者さんもいない。今日のお医者さんは、スティック糊の先生みたいにおもしろいひとじゃなくて、ミックさんみたいな話もしてくれず、病院じゃなく道具箱から持ってきたようなブンブンうなるまるいのこぎりを持っている。もしかして、ぼくはこわい夢のなかにまよいこんでいて、いまにも腕を切り落とされ、おなかに熱く、重く、もぞもぞといすわり、血管にもあふれているはずかしい気持ちが、くさった肉や、うごめく虫といっしょに床にあふれだし、先生がケラケラと笑いながら、あんたが怪物にならないように治してやってるのよっていうのかも。

目をぎゅっとつぶってから開くと、ぼくの脳の外にいる本物のお医者さんが、のこぎりで腕を切ったりしないから心配しなくてもいいし、ブルーのギプスがとれたら腕が空気でできてるみたいにふわっと軽くなるといった。のこぎりがブンブンうなりだしたとたんに、こわくてがたがたふるえが来たけど、のこぎりが皮膚にふれずにギプスがとれると、先生がいったとおりに腕が自然にふわっと持ちあがり、みんな笑いだした。

腕はお風呂に入りすぎたみたいにむくんでいるけど、においはお風呂に入ったあとみたいじゃない。指をもぞもぞ動かしてから腕をのばすと、まだ腕が軽すぎて、血がすっかりぬけてしまったようだ。のばしたまま指先からよごれた手首、それから黒いしみがついたひじと見ていき、ぼくの腕は星くずと、宇宙の暗号にぴったりあう、魔法の黄金比からできているんだなと思った。

ママは腕をよく洗わなくちゃといい、よごれやらしみやらがついた皮膚を見て、顔をしかめた。それから、ギプスのあとが筋みたいについた手をにぎってくるから、もう親と手をつなぐ年じゃないって思ったけど、温かくてすべすべした手が気持ちいいから指をからませ、そのあと、もちろんマクドナルドに行き、今日はビッグマックをふたつじゃなくひとつにして、砂糖衣の上にチョコレートを散らしたドーナツも食べたら、遊園地の空気の味がした。

　きょうは火曜日で、アンジェリークさんがマックスを教えてくれる日だ。うちに着くとパパがドアをあけてくれる。仕事を早びけしてマックスを見ているって、ママに約束したんだ。ぼくを見るなり、はだかんぼの新しい腕にショックを受けたような顔をしてみせるから、ママとぼくはあきれてパパをにらんだ。

　ギプスをとった腕は、まだゾンビの腕みたいで、アンジェリークさんはマックスがこんなにできるようになったと教えたいみたいだけど、ぼくのほうはスペリングの練習はあるし、マインクラフトで遊ばなきゃいけないし、アフマドが暗くなる前に公園でサッカーをしたいっていってるから、カードといっしょに床にはいつくばってるマックスなんか見たくない。だけど、アンジェリークさんが、ね、見てみたいでしょって顔でにっこり笑ってるから、**うん、見たい、見たい**っていった。床にすわると、マックスは『あかちゃんのカタログ』をかこむように体をまるめて、表紙の上に何度も親指を行ったり来たりさせ、紙をシューシューいわせている。落ちくぼんだ目の片方に紫のよごれがついてるから、そっと手をのばしてふきとろうとしたけど、ぐるりとまるいよごれが骨ばった指の関節と同じ形になっているから、頭のなかでブンブンいってるスズメバチを追いだそうと、キイキイ悲鳴をあげて、たたきまくっていたんだ。

マックス、なにか見せてくれるんだって？　そうききながらアンジェリークさんを指さすと、マックスはぼくの手をとって、ギプスのない腕の重さをたしかめる。アンジェリークさんは床にひざをついて、手話と口の両方で**さあ、お兄ちゃんに見せてあげたら？**　っていう。アンジェリークさんはテーブルの上に果物を三つ用意しているけど、本物じゃなくてプラスチックだからあんまりおもしろくない。すると、アンジェリークさんが**マックス、バナナを見せてくれる？**　ときき、マックスは横目で果物を見て、ナシじゃなく、リンゴじゃなく、アンジェリークさんにバナナをわたした。つぎにぼくが、**マックス、リンゴをくれるかな**というと、マックスはまた横目で見て、ぼくの手のひらにリンゴをおく。じっと見ていたパパが、**リンゴだ、ビンゴ！**　という。笑わせるつもりだったのにすべったから、いっしゅん、しーんとなり、パパが天井をあおいで**なんだ、受けなかったな**といったけど、それでもマックスとやさしくハイタッチすると、今度はマックスがナシがどれか知っていると教え、みんなで手をつなぎ「バラのまわりでおどろうよ」をうたいながらおどって、「みんなで、ごろーり」のところで床に寝そべった。

その晩、ママは出かけたのでとっても疲れたといって早くベッドに入り、パパがマックスを寝かしつけたけど、キイキイ悲鳴をあげつづけたから眠れなかったんじゃないかな。でも、ママは一度も起きてこなかった。

4 15 7

dog

イヌ

ブルーのギプスがとれたつぎの日の午後、マークさんがうちに来た。すぐにギプスがないのに気づいて、やったねと親指を上げてみせる。それからママとマックスといっしょにお茶を飲み、といってもマックスはお茶じゃなくポテトチップスだけど、ぼくはニールとリビングで遊び、ニールはお手をしたり、ごろりと転がったり、おしりを床につけて「ちょうだい」をしたり。ぼくがいった数字の数だけ吠える技は、教えてみたけどまだできない。

　ぼくは、足し算をニールに覚えさせたい。ユーチューブで見たんだけど、男のひとが七足す五というと、そのひとの犬はちょっと考えているような顔をしてから、ちゃんと十二回吠えた。パパは、その犬は本当に計算なんかしていないっていうけど、パパがどう思おうと気にしない。まずはじめに、ぼくのいった数だけニールに吠えさせようとしたけど、どうやったら吠えてくれるかわからないから、すごくむずかしい。で、ギプスのなくなった腕をクンクンかぎまわるから、きっとノアがぼくの中に残したよごれのにおいがするんだと思う。でも、ニールはつぎに、ぼくの腰のあたりにもしゃもしゃの鼻先をこすりつけている。そこへマークさんがニールのリードとオレンジのゴムボールを持って入ってきて、**マックスを散歩に連れていこう**といったから、思わず**ええっ?**　といってしまった。

　もちろんママもいっしょに来なきゃいけなくて、いつもみたいにいちばんうしろで、ゆっくり歩いている。青い顔をしてるし、ぬかるみを歩くみたいに足をひきずっているけど、いままで見たことのないくらいうれしそうに、にこにこ笑っている。マックスの散歩ひもはマークさんが持ち、ぼくはニールのリードを持っている。もう、腹が立ってしかたないから、マークさんの顔なんか見てやらない。マークさんは、ぼくの友だちのはずなのに、なんでだよ。マークさんはマックスに、話しかけている。マックスが答えてくれると思っているみたいに、**学校は、どんなふう?**　とか、**学校でいちばんすきなのは、なに?**　とか、**ほら、スズメがいるよ**とか。一週間前にアオサギを見た話もしている。ぼくは、だれにもしゃべってやらない、ニールにだって。マークさんやニールをマックスに横どりされたくない。散歩ひもをつけたマックスはぴょんぴょんはねて手をたたき、ワーッとさけんでいて、指を耳につっこまずに、両手を高く上げてひらひらさせている。

　マックスはニールがだいすきで、さわりたがるから、マークさんが耳をなでたり、そおっと、ほんとにそおっと頭をポンポンしたりするやり方を教えている。ニールは、グウグウというような、ため息をもらした。うれしいな、もっと耳をなでてもらいたいなといってるんだ。するとマックスが、ニールの毛のなかでおどるように指を動かしたあと、ふいに両手を差しのべて**イ・ヌ**といったんだ。ママはもう、うれしくてたまらないという顔でにっこり、すごーくにっこり笑いながら、幸せのかたまりがそこにあるのをたしかめるように、両手をほっぺたにあてた。**そうだよ、**ぼくもいった。**犬だよ。やったね、マックス、すごいじゃないか。**たいして驚(おどろ)いていないみたいにいったけど、本当はちがう。だって、マックスが生まれてはじめてしゃべった言葉なんだよ。

マックスがニールのリードを持ちたがったのでわたすと、ニールがマックスとつながり、マックスがマークさんとつながる。犬と男の子と男のひとがつながって、まったく切れずに歩いていき、マックスはブランコに乗ったときよりもっと大きな声をあげ、公園には大きな男の子や女の子、小さな男の子や女の子、同じ学校の子もいたけど、気がつくと、ぼくはその子たちのことなんか無視(むし)して、**やったね、マックス、すごいね**とくりかえしていた。

ママはパパに電話をかけて、マックスが生まれてはじめてしゃべったと話してから、アンジエリークさんと、M(エム)おばあちゃんと、お兄さんのダンおじさんと、親友のヘーゼルさんと、もうひとりの親友のナタリーさんにも電話した。泣きながら電話をかけているけど、ぼくと目があうと、ほんとに幸せそうな笑顔になったから、心臓がドクンと鳴る。ママのこんな顔を見たのは、思い出せないくらい昔のことだ。めちゃくちゃ早口でしゃべっていて、みんなで飲み会をしようといっている。**ね、すぐによ。だって、ずいぶん長いこと会ってないでしょ？**　いつものように、陶器みたいに青白い、疲れた顔をしているけど、ほんとに幸せそうだ。アンジェリークさんも幸せすぎて、電話線の向こうでママといっしょに泣き、フランスのお母さんに電話するといっている。

　仕事から帰ってきたパパが、ヤッホー！　と大声をあげながら入ってきて、マックスのカールした黒い髪をくしゃくしゃにしたから、マックスはとたんにかんしゃくを起こして、ぼくたちは耳の穴に指をつっこまなければならなくなり、マックスは小さな体をかたくしてキイキイ声をあげつづける。だけど、ママもパパもちっとも気にしないで、脳のなかの爆発をおさえようとマックスが床にガンガン頭をぶつけだすと、頭の下にクッションをおいてやり、それでもにこにこ笑っている。それからパパが、サイモンおじさんと、親友のスティーブさんと、遠いスコットランドの、地図の折り目のところにいる、パパのお母さんとお父さんに電話した。冬じゃなくても寒くて、帽子をかぶってベッドに入るところだ。こうして、マックスが「イ・ヌ」といったニュースはしみだして、どんどんしみだして、世界のあちこちまで伝わっていき、ぼくもマックスのことがじまんではちきれそうだけど、そんな気持ちは胸のなかに閉じこめて、なんにもいわなかった。

　電話がすっかり終わると、うれしくてたまらないママは両手をぎゅっとにぎりしめ、パパはずっと昔、画廊でママの絵が売れたときみたいにシャンパンをあけた。マックスのお祝いのシャンパンだから、かんしゃくを起こさないように、小さな、小さな音でコルクをポンとぬく。大昔と思えるくらい前に使っていた背の高いグラスに、パパは泡の立つハチミツ色の液体を入れて、マックスにむかって乾杯した。マックスは顔を上げず、小さな顔をひきしめて、キッチンのテーブルで一心に絵を描いていて、街の画材店で買った新しい色鉛筆を、ぎゅっとにぎりしめている。色鉛筆は、パパがマックスの最初の言葉のお祝いに買ってきた特別なプレゼントで、それを見るなりマックスは床に頭をぶつけるのをやめて、両手をのばした。マックスが描いているのは犬のニールで、紙の上に、ふわふわで、ふさふさの毛があらわれてくる。

　ぼくもシャンパンをちょっとすすってみたけど、前になめたときと同じひどい味で、すっぱくて舌がひりひりする。ママとパパは、ぴったりよりそいながら小声でささやきあい、ぼくはマックスが友だちの絵を描くのを見ていた。そのとき、カウンターによりかかっていたママの姿がとつぜん消えた。ずるずる、ずるずる落ちていき、その手足はもうママのものとは思えず、カシャッとグラスがこわれ、ママの横にシャンパンの水たまりができる。ママは恐ろしい声をあげ、筋肉がぴくっと動いたり、はねあがったりして、顔だってもうママのものとは思えない。

パパがさっとひざまずき、ママのスカーフで包んだ頭が戸棚に当たらないようにした。四方に飛びちる、ぬれたガラスのかけらで、パパの両手は血でべとべとになる。それから、いままで聞いたことのない声でパパがさけんだ。**救急車を呼んで、ママが発作を起こしたっていうんだ。うちの住所をいって、すぐに来てくれって。**

両手がぶるぶるふるえて、指が思うように動かない。電話がつながると、なにかすごく冷たいものでできてるような声で、**ママが発作を起こしたんです。早く来てください**といった。パパがぼくから受話器をとりあげる。両手から落ちる血が、シャンパンの洪水のなかに泡立って落ちていく。

3 8 1 15 19

chaos

大混乱

救急車が、あわてふためいているような、ぎらぎらしたブルーの光といっしょに到着し、その光がキッチンの壁を照らしだすと、マックスが悲鳴をあげた。救急隊員がママのぴくぴく痙攣している体のまわりを、おどるように動きまわり、シャンパンのにおいがあたりに立ちこめる。ママのふるえる手の明るいブルーの血管に、銀色の注射針がちかっと光ってさしこまれ、そこへMおばあちゃんが到着し、マックスとぼくを、音や、ガラスの破片や、あわただしくしゃべる低い声からはなれたところに連れていく。

ママとパパが救急車のうしろに乗って、ひゅーっと病院に行ってしまうと、Mおばあちゃんはマックスがけがをしないように、キッチンのガラスと血をそうじしにいった。ふつうに息をしようと思ってもできず、胸いっぱいに空気を吸っても、肺のきちんとした場所にはちっともとどかなくて、目がくらみ、吐き気がする。パパの頭に自分の頭をくっつけて笑っていたママの姿と、そのママがカウンターからすべり落ちて、なにもかもこわれてしまう胸が悪くなるような光景が、かわるがわる目に浮かんではなれようとしない。じっとすわっていられず、立ちあがって腕をふりまわしたり、空中をけったり、歩きまわったりしていると、Ｍおばあちゃんが入ってきてテレビをつけ、すぐに消した。ふたりとも、なにがどうなっているかわからないから。Ｍおばあちゃんは、ぼくの頭のてっぺんにキスして、**だいじょうぶだからね**というけど、ふたりとも知っていた。そんなことはＭおばあちゃんにだってわからないって。Ｍおばあちゃんはパパに何回か電話をかけ、やっとパパが出てママは**安定している**といい、ぼくの肺はまたきちんと空気を吸いこみだした。

　Ｍおばあちゃんは、マックスをお風呂に入れなかった。入れようとしたって、だめにきまっているから。かわりにやさしくだきながら服をそっとぬがし、ちょっとだきあげてパジャマを着せている。マックスはせわしなく指をチューチュー吸いながら、目でママを探しているけれど、溶けてはいない。でも、ベッドに入ろうとはせず、ぼくも眠りたくない。三人でソファにくっついてすわり、しばらくすると、ぼくはうとうと眠りかけ、そのうちに玄関のドアがカチッと開く音がして、パパがママをかかえるようにして階段を上がっていくのが見えた。

　つぎの朝、いつもと同じ時間にＭおばあちゃんに起こされたけど、ぜんぜん眠れなかったから、目に砂がいっぱいつまったみたいだ。朝食のとき、仕事に行く服を着ていないパパがぼくの向かい側にすわり、ママは発作を起こしたんだと話し、もしまたそういうことがあったら、きのうの晩にぼくがとっても上手にやったように救急車を呼んでなにがあったか話し、はっきりした声できちんと、うちの住所を教えなきゃいけないという。それから、とつぜんいつものパパとちがう声になって、せきばらいしてから、ママは**だいじょうぶだ**といい、お医者さんも、毎日飲む薬を出したから**もう、こういうことは起こらないでしょう**といっていたと話してくれた。薬のせいでママはちょっと眠くなるかもしれないので、ぼくたちもママにやさしくして、みんなでせいいっぱいママを助けてあげなければ、とも。マックスもぼくのとなりにすわって、おとなしくポテトチップスをしゃぶってべとべとにしてたけど、パパはマックスのことを見ようともせず、ぼくの顔だけ見て話していた。

19　3　18　5　1　13　9　14　7

screaming

さけぶ

　教室で机（つくえ）に顔を伏（ふ）せて眠ってしまうと、ヘイヴァリング先生がひんやりした手をそっとぼくの手の上において、目をさまさせてくれた。その晩、お医者さんが往診（おうしん）に来て、ママにまた薬をくれた。寝（ね）る前にそおっと部屋に入っていくと、眠りのなかからゆっくり浮（う）きあがってきたママは、やっと目をあけてにっこりしてくれる。シャンパンのグラスで切ったほうの手に包帯が巻（ま）かれ、もう片方（かたほう）の手の甲は、発作をおさえるために刺（さ）した注射針（ちゅうしゃばり）のせいで青あざになっている。ママのどこが悪いのかさっぱりわからず、何度も何度もきいたって、だれも教えてくれず、パパは**すぐによくなるさ**っていうばかり。宇宙（うちゅう）に**さけんで、さけんで、さけびたい。**

声が
　銀河に
　　はねかえって
　　　空を　こなごなに
　　　　くだくまで。

1 6 18 1 9 4

afraid

こわい

二日たつとママはよくなって、ベッドから起きてパンを焼き、声をあげて笑い、ぼくにグリーンピースを食べさせ、マックスのポテトチップスの袋をあけてやり、月曜日に学校に持っていく物を確認させ、宿題を手伝ってくれた。ママの目は、すごくきらきらかがやいていて、ぼくが木星の一日はたったの九時間五十六分だって知ってるかときいたら、いつまでも返事をしないから、きっとぼくがいったことを忘れちゃったんだと思う。

　ママはもう階段をあがって、いまにもこわれそうな屋根裏部屋に行っていた。マックスが学校に行くようになったので、また絵が描けるようになるかもしれないから、かたづけているという。だから、ぼくはもう、マックスがわめいているときにあがっていったり、体のなかをむしゃむしゃ食っていく心配ごとを暗号に変えてキャンバスに書いたりできなくなった。そのかわりに、ぴかぴかの赤いファミリーツリー・ノートのうしろのほうに、消しゴムでさっと消せるくらい小さな字で暗号を書くことにした。

マックスは、前みたいに両手いっぱいのマメみたいにはねてさわいだあげくに早退させられるようなことはなく、午前も午後も宇宙船みたいな学校にいる。ぼくみたいにやっかいごとを起こすこともなければ、椅子を投げたり、すわってなきゃいけないのに立ちあがったり、先生が話をしているのに鼻でフンフンいったりもしない。ママは、すごくうれしいし、マックスはとってもいっしょけんめいやっているという。緑の表紙の連絡帳には、マックスがかしこくて、おもしろくて、すばらしいと先生たちが書いていて、ホワイトボードに貼りつけたアルファベットのなかから、だれにも助けてもらわずに正しい字を探せるといっている。マックスは先生がだいすきで、なかでもローダさんがいちばんすきだ。ローダさんは、いまはベストを裏がえしにせずに着ていて、ときどきマックスは自分でさわってみては、派手な黄色で手が火傷しないように、猛スピードでひっこめる。

「イ・ヌ」のあと、マックスはなんにも新しい言葉をしゃべらないけど、ニールを見るたびに手話でイヌという。マックスとぼくは、マークさんやママといっしょにニールの散歩に行き、ママが疲れすぎてるときはMおばあちゃんがかわりにくる。マックスは両手を使って、**イヌ、イヌ**っていつまでもいっているから、手が疲れて痛いだろうな、手袋をはめてないから冷たいだろうなって思うけど、ひとことひとことが、ぼくはうれしいよっていっているんだ。

マックスが手話で話してるようすや、ニールを見て顔がふたつに割れるくらいにっこり笑っている顔を見ながら、ぼくの胸のなかは冷えきっている。ぼくの頭にあるのはママのことだけだ。くまにふちどられたきらきらの瞳や、小鳥みたいに細い骨や、ずるずる、ずるずる、ずるずる落ちていったことだけが頭のなかにいすわり、こわくてたまらない。マックスがいつまでも寝なかったり、悲鳴をあげたり、頭をガンガン床にぶつけたり、溶けたりせず、ほかの子みたいにできたら、ママはあんなに疲れないし、あんなに顔が青白くならないし、あんなにやせたりしない。ママがそんなに疲れてないといったのに、Mおばあちゃんが散歩についてきたことがあって、ママの足がもつれるからMおばあちゃんが手をつないでいた。ママが子どもにもどったみたいに。Mおばあちゃんが、小鳥の骨でできてるようにやせたママの顔に頭を近づけてささやいているのが、ぼくの耳に入った。もう、ぼくたちに話したほうがいいっていっていた。

話したほうがいいって、なんのことだよ。

4 1 18 11 14 5 19 19

darkness

暗闇

Mおばあちゃんが、さっきからキッチンで夕食用のジャガイモの皮をむいている。先週、ママはまた発作を起こして、疲れすぎているのと、お医者さんからもらった新しい薬のせいでぼおっとしているから、夕食のしたくができない。ぼくは発作のときにいなかったから、電話で救急車を呼ばなかったけど、キッチンのタイルの上でひどく体をふるわせて、ころげまわっていたママの姿が目に浮かび、こわくて胸がむかむかして、体じゅうが氷みたいに冷たくなり、なんとか頭からはらい落とそうとした。Mおばあちゃんは、ぼくの肩をぎゅっとつかんで、胸をはってしゃんとしなさい、なにか別のことをやって忘れたらどうなのっていう。

　自分の部屋に行き、赤い表紙のノートをとってきた。ママから聞いた話と、屋根裏部屋のキャンバスに書けなかった暗号以外は、雪みたいに真っ白なページばかりだ。ヘイヴァリング先生は、毎週金曜日にノートに書いたり調べたりする時間を三十分くれるけど、ぼくは最後のページに書いた暗号のまわりを鉛筆でくるくるやっているだけだ。マックスのことを書きたくないから。でも、休み時間にノアが、おじいちゃんは第二次世界大戦のときの英雄だったと大声でじまんし、カイもひいおじいちゃんの兄弟が英国空軍に入っていて、ドイツ軍と戦ったというのを聞き、なんにも書いていないページのことを思い出して胃がひっくりかえりそうになった。

キッチンテーブルについて、線の引いていないページに木の絵を描く。いたずらがきに見えるかなって思ったけど、けっこううまく描けた。鉛筆をぎゅっとにぎって、別のページにらせんや四角をいくつも描いてから、Mおばあちゃんに自分の話を最初から最後まで聞かせてといった。おばあちゃんが、ママとそっくりの顔でびっくりしたので、いままでだれにもそんなことをきかれなかったんだと思う。おばあちゃんは、エプロンをはずして、ぼくのとなりにすわった。

Mおばあちゃんの両親は、とってもまずしかったそうだ。ずっと北の地方で暮らしていて、お父さんは炭鉱で働いていて、地面のずっと下の暗闇で石炭を掘り、真っ黒な空気を吸って、炭塵で皮膚をいつも黒く染めていた。家に帰ったお父さんの服からは、黒雲のように炭塵が立ちのぼり、黒く染まった皮膚は、石けんと水でこすってもこすってもきれいにならず、お父さんの皮膚の一部、っていうか炭鉱で働いていることを物語るタトゥーになっていた。せきこむたびに、真っ黒で大きな痰を吐くから、Mおばあちゃんは肺がまるごと出てくるんじゃないかと思ったそうだ。
Mおばあちゃんが六歳で、妹が四歳のとき、お父さんが働いていた炭鉱が爆発した。地面を吹きとばし、黒い塵が町じゅうにふりかかった。教室にいたおばあちゃんは、足元がドドーッととどろくのを感じ、先生たちはなにが起こったかすぐに悟った。夫や、兄弟や、息子たちも炭鉱で働いているから、先生たちはいっせいに校舎から走りだして爆発の現場に向かった。すでに炭鉱からはいでてきたひともいたけれど、亡くなったひとも、くずれた炭鉱の重い地面の下に閉じこめられたひともいた。

Mおばあちゃんのお父さんは死ななかったけど、二度と炭鉱で働くことはできなかった。町のひとたちに担架で運びだされ、あおむけに寝たままゼイゼイと息をして、せきをするたびに血のまじった黒い塵が、雲のように肺から出てきた。その日から寝ついたお父さんは、それっきりベッドから出なかった。**具合が悪くて起き上がれなかったのか、心が折れてしまったのか、わたしにはわからないけどね**とMおばあちゃんはいう。**それは、どうでもいいと思ってるのよ。**

一日にしてはじゅうぶんくらい、たっぷり話をしてくれてから、Mおばあちゃんは自分のお父さんとお母さんの名前を書くのを手伝ってくれ、もう死んでしまったという印に小さな×を名前の横につけた。おばあちゃんの妹のシルヴィアさんの名前は、手伝ってもらわずに書いた。前に家に行ったことがあるから。シルヴィアさんは色とりどりの泡がいっぱい入ったガラスの文鎮を千個くらい集めていて、ぼくはさわりたくてうずうずしたけれど、子どもは近くにいってはだめといわれた。ママは、マックスをぎゅっとだきしめていた。

つぎの日、ファミリーツリーの授業があった。ヘイヴァリング先生は、いままでに聞いた話と、できれば絵も描いて**自分の家族、ひとりひとりの本を作るんですよ**といってから、みんなをＩＴ教室に連れていく。廊下をぶらぶら歩いていって教室に入ると、すぐにパソコンを打ちはじめる子もいる。残りのみんなは、教室のまんなかにある大きなテーブルのまわりにすわって、どんな本にしようか考えはじめた。

ヘイヴァリング先生は、なにも書いてない表紙と線を引いた紙を山ほど持っていて、赤い表紙のノートに書いた家族の話を紙に清書したら、表紙をつけてホッチキスでとめなさいという。そうやって作ったひとりひとりの家族の本を、講堂に作った「家族の森」の木の枝につるすんだって。つまり、家族の話をべつべつに書いて、そのひとの本を作らなきゃいけないということだ。たった一ページでも、絵しか描けなくても。ヘイヴァリング先生は、**どんなひとの生涯にも、想像するよりもずっと長くて複雑な物語がかくされているんですよ。ちっちゃな赤ちゃんでもね**という。ママの話をきれいに清書してから、表紙にパパとママの写真を貼る。うちでプリントしてきたママの絵の写真も、何枚か持ってきた。ママの本のページに貼って、画家だってことを、みんなに知らせるためだ。

ジェイミーはお母さんの本の表紙に写真を貼って、お母さんは外科医だといい、それは本当だけど、それにスパイもしてるっていったのは、ぜったいにウソだ。また、なにも書いていない表紙をもらったけど、ひいおじいちゃんの写真は持ってないし、どんな顔をしていたのかさっぱりわからないから絵を描くことにした。描きあげてみると、おとなになったぼくがこっちをじっと見ているみたいだ。ジェイミーがヒュウと口笛を吹(ふ)いて感心してから、おまえは絵を描いたら、いつもクラスでいちばんだ、まるで生きてるみたいに描けてるなんていうから、うれしくて顔が真っ赤になった。

8 9 19 20 15 18 25

history

歴史

パパとぼくとで、学校に行く前にハングマンゲームをした。でも、今日は学校に行くわけじゃない。十月の学期半ばの休暇の前の日で、六年生全員で自然史博物館に行くことになっている。学校で小テストをするより、そのほうがずっといい。金曜日には、いつもきまってテストがある。ママは朝と晩にかならず薬を飲み、マックスが、今日は色のついたものを食べようなんて思うといけないから、薬は鍵のかかる箱に入れている。今朝ママは、鎮痛剤の袋からいつもとは別の薬を出して飲み、すごく頭が痛くなった。ぼくたちの世話で疲れて、病気になっているんだと思うと、おなかがむかむかしてきて、ぼくはせいいっぱいおとなしくした。マックスは、きのうの晩ちっとも眠らなかった。とんだり、はねたり、キイキイわめいたりしてるから、枕の下に頭をつっこんで耳の穴を指でふさいでいたら、そのうちに悲鳴が海の波の音みたいになってきた。パパがママの肩をだいて、近所のひとにきらわれるかもっていうと、ママはにこりともせずに、いっぽうのおとなりはマークさんだし、マークさんはいつも、家族の音を聞くのがすきだと話してるといった。でも、午前三時に、そんなこと思うかな。

今朝、ママは両手で顔をこすってから、疲れすぎて動けない、頭が死にそうに痛いといった。パパは、今日は仕事を早退して、マックスが学校から帰ってきたらすぐにブランコに連れていくから、そしたら少しは休めるだろうといっている。そんなのはいつもとちがっているし、パパはふだん公園に行ったりしないから、マックスがいやがるにきまっている。なのにそうするってことは、ママがいつもよりずっと具合が悪いからにちがいない。とたんに、マックスが憎らしくてたまらなくなり、新しい怒りの波がぼくをおそってくる。出かける前にママがハグしてくれると、骨が小鳥の骨みたいにつきだしているのがわかった。それからママは、ぼくの頭の巻き毛にキスして、おぎょうぎよくするのよといってから、いっしょに自然史博物館に行きたい、時間と歴史が何層にも重なっているのを、いっぺんに見られるのだからといった。

冷たい風に耳をかじられて、帽子を忘れてきたのに気がついたけど、六年生のみんなといっしょに変なにおいがする古いバスにぞろぞろと乗りこんだ。今日は制服を着なくてもいいから、いつもとぜんぜんちがっていて、みんな知らない子みたいだ。ぼくはだいすきな明るい黄色のセーターを着ていて、去年いっしょに買ったから、ジェイミーも同じのを着ている。前もってそうしようと相談して、きっとふたごみたいに見えるから、どっちがどっちかわからないよねといっていた。ジェイミーは絵のなかの天使みたいな金髪だけど、ぼくはちがうから、そんなのはふざけていっただけなのに、ヘイヴァリング先生はおもしろがって、ぼくのことをジェイミーと呼ぶ。先生がデスクに鞭をかくしているというのは、ぜったいウソだな。バスには何列も何列も座席がならんでいるから、ノアからいちばん遠いアフマドのとなりにすわった。ノアはもう、ぼくたちとはぜんぜん口をきこうとせず、それをいい気味だと思ってるみたいだけど、ちがうって。

　アフマドが新しいゲームをスマホに入れてきたから、ふたりでゾンビを追いかけたけど、ぼくのほうがうまい。ハイスコアで負かしたのに、アフマドはちっとも気にしないで、もうやらないっていうから、ぼくひとりでボカッ、バーンと脳をねらい、液体にしているうちに、バスはシューッと音をあげて博物館に着いた。チューインガムのくっついた、せまいステップをおりてからグレイの石段をあがり、一時間に一回、チェックポイントで先生に会うことを約束してから、クリップボードとノートを持って、小鳥みたいにあちこちに散らばる。

　どこを見ても骨だらけだ。いまでも謎に包まれている、はるか昔の動物の骨が、ぼくたちのまわりにぬーっと立っている。レントゲン写真に写ってた、ぼくのぴかっと光る白い骨なんか、古代の動物の骨にくらべると、ちっちゃな破片みたいなものだ。自分が、とてつもなく長い世界の歴史のなかのちっちゃな点みたいな気がする。骨にさわりたいけど、目がくらくらしてきて、手をのばしたらたおれてしまいそうだから、じっと、じっと、じっと見つめるだけにした。ぼくの目の前には、百万年前の世界がある。いつもポケットに入れている渦巻銀河の切りぬきをとりだした。宇宙を結びつけている暗号を示す写真だ。その暗号の糸がつむぎだす模様は、世界の歴史に、骨に、動物に、ぼくの頭の上にそびえたっている木々にあらわれている。アンモナイトにも、化石になったシダのくるくるした葉っぱにも、恐竜の頭蓋骨のまるみにも、けっして孵ることのなかったタマゴの殻にも、黄金比を使った曲線があらわれている。

　アフマドとジェイミーが、骨だけじゃなく詰め物をした動物を見たいといいだしたから、ぬいぐるみのことかと思ったけど、死んだ動物を生きているように見せるはく製のことだった。何百というはく製が、逃げだすとでも思われたのか、ガラスケースのなかに閉じこめられている。体をのばしたり、吠えたり、草を食べたり、とびかかろうとしたりしているけど、どれもかたくこわばって、ガラスの目をはめられていて、なかには縫い目から糊がはみだしているものもあった。ゲーッとなったけど、ジェイミーはケースに顔をくっつけて、吐く息でガラスをくもらせ、どんどん、どんどん、歯をむきだしたワニそっくりの顔になっていく。アフマドが、ワニは動物のなかでいちばん、かむ力が強いんだというと、ジェイミーは一ぴきペットにして、ひとをおそわせたいなっていう。ぼこぼこした緑のうろこや、なんにも見ていない目を見ていると、変な気持ちになった。ワニはもう死んでいて、本物に似せた植物をかざったへんてこなガラス箱に入れられているけど、ちっとも本物には見えない。ぼくは、そのワニがかわいそうになった。

　アフマドがパンフレットを読んで、チョウがどっさりいる場所があるというけど、死んだチョウが壁にピンでとめてあるところなんか見たくない。そういうと、アフマドは、あきれたように目をくるりとまわし、**バカもん、生きてるやつだよ**という。それから、ジェイミーとぼくにパンフレットを見せてくれた。テントみたいなトンネルに、世界じゅうのチョウがいる。のばした手の上に、きらきらした羽が休んでいる写真もあった。チョウを手にとまらせてみたい。テントを探したけど、外にあるからどうやって行けばいいかわからず、ジェイミーとアフマドが、あっちだ、こっちだといいあっているあいだ、ぼくは、はく製のウォンバットにみとれていた。こんな動物は見たことがない。

　テントのなかはチョウがあふれるほどいて、チョウににおいがあるなんて思ったこともなかったけど、におうんだとはじめてわかった。かびくさいような、それでいてすがすがしいにおいで気に入った。テントのなかは暖房で暑くなっているから、セーターのそでをまくる。細長くて大きな木の水おけに生きた花や植物がどっさり入っていて、ガラスケースの死んだ動物をながめるよりずっといい。飼育員さんたちがテントのなかをまわって、**そんなふうにさわったらだめですよ**とか、**こんなふうにしたら喜ぶよ**とか、**そうやったらきらわれるよ**とかいっている。ロンドンのまんなかにある博物館のビニールテントのなかで、何百羽ものチョウがベルベットの竜巻みたいに舞っているなんて、やっぱり不思議だけど、ここには本物の植物があるし、チョウがかくれるところもある。もちろんチョウが本当にいる世界じゃないけど、それに近いんじゃないかな。

　チョウが、ぼくにとまった。明るい黄色のセーターを着てるから花だと思ったらしく、ジェイミーにもとまっている。腕の上を歩くと、ちくちく、ぞくぞくした。手のひらにとまったチョウの羽がティッシュペーパーのふちみたいに裂けていたから、羽を通していろんな色が見える。ちょっと動いたとたん、チョウはまた舞いあがって、ぎざぎざの羽のふちがぼやけて渦巻模様みたいになり、ひらひらと別の花人間にとまりにいく。

　チョウのテントにはウルヴァートン小学校の子がいっぱいいて、両手をお椀みたいにしてチョウをとまらせたり、飛んでいく前に写真をとろうとしたりしている。ノアが、花の上に舞って蜜を吸おうとしているチョウの群れのなかにとびこんだ。チョウは、緑のシダのなかにかくれようとしている。ノアが両手でつかもうとすると、チョウの群れはアーチを描いて逃げ、こわがって天井まで舞いあがる。もうやめろ、ほっといてやれ、すきなようにさせろ、そんなことしちゃだめだっていいたい。でも、ぼくはなんにもいわなかったし、チョウも、ノアが明るいオレンジの服を着ているのにとまろうとはしない。ノアが悪態をついて、**つまんねえの、**

こんなの赤んぼの来るところだと、ドシドシ足音を立ててテントを出ていくと、また花のなかからチョウが雲のように舞いあがった。手をのばしたら、一羽が指先にとまる。思わずにっこりすると、アフマドが写真をとってくれた。

自然史博物館から学校にもどってバスをおりると、うちまで自転車で帰る。風が髪をくしゃくしゃにして、耳元でヒューヒューさけんでいる。雪のにおいがするから、今日は雪になるなとアフマドがいった。ジェイミーは、まだ冬にはなっていないし、雪がふるには早すぎるといったけど、アフマドはぜったいにふるという。

空は暗く、鉛色の雲が重たくたれていて、アフマドのいうとおりだといいなと思った。そしたら、去年みたいに未開の荒野でそり遊びができる。何年か前にパパが作って、クリスマスにプレゼントしてくれたそりだ。ホーンも、特別製のライトもついていて、アーチ型の光が真っ白な雪をぴかぴか照らしてくれる。去年は、おそくまで三人で遊んでいて、しまいに光がそりの明かりだけになり、荒野はインクみたいな闇に包まれ、うちに帰るとママがみんなに泡立てたクリームとマシュマロをのせたホットチョコレートを作ってくれたっけ。

ワーイと声をあげて斜面をくだると、マフラーが飛行機につけた横断幕みたいにうしろになびく。明日からは学期半ばの休暇だし、今夜はジェイミーの家に行って、新しいプレイステーションをすることになっている。ヴァーチャルリアリティのヘッドセットがついていて、世界じゅうどこにでも行けるやつだ。もう考えただけでうれしくて、わくわくしてたから、まぶしいライトで目がくらんだときにはじめて、うちの前で起こっていることに気づいた。

3 8 1 15 19

chaos

大混乱

うちの前の通りが、大変なことになっている。パトカーと救急車が一台ずつ止まっていて、両方のブルーの照明が空中でぶつかり、あちこちに真っ黒な影（かげ）を作っている。テレビを見ているみたいだったから、いっしゅんわくわくしたけど、すぐに恐（おそ）ろしくなった。これは本当に起こっていることだ。なにか悪いことがあったにきまっている。知っているひとはいないか、なにが起こったか教えてくれるひとはと必死に探（さが）したけど、知らない顔ばかりだし、ブルーの光のせいで、みんな幽霊（ゆうれい）みたいに見える。もう、心配でたまらなくなった。だって、パトカーと救急車は動こうとせずに、ほかの道路にまで、大変なことが起こったぞと悲鳴のようなサイレンを鳴らしているんだから。二台ともじっと、ぼくたちのおんぼろハウスの前に駐車（ちゅうしゃ）している。

　ドアに向かって走りだし、まさかのときのために持っている鍵（かぎ）であけようとしたけど、ドアはもう大きく開いていたのでなかに入ろうとした。とたんに太い腕（うで）に胸（むね）をおされ、大波がどっとおしよせたみたいに外の段々まで出されてしまう。もがいて、逃げだそうとした。こんなめちゃくちゃなこと、あるかよ。顔を上げたとたん、胸をおしている手の下にある心臓が、ビクッととびあがった。

　マークさんだ。マークさんが、ぼくにのしかかるように立っている。**フランク、通りに出なさい。なかにはまだ入れないんだ**という。**なんでだよ、どうしてだめなんだよ**とさけび、マークさんの手からのがれようとあばれると、あばれればあばれるだけ、マークさんの力も強くなるから、ぼくはマックスみたいになり、つばを吐いたり、かみついたり、つかみかかったりして、そのときだけは野生の少年になって、骨が皮膚からはじけとぶくらい爆発する。

　マークさんがなにかいい、その言葉が空中にぽつぽつ落ちるけど、頭のなかがゴーゴーいっているせいで、ぜんぜん耳にはとどかない。そのとき、パパが手足をもつれさせるように走ってくるのが見え、仕事からまっすぐ帰ったのでスーツを着ていて、パパがスーツを着て走ることなんてないから、ちょっと吹きだしそうになった。顔もいつもとまるでちがう。泣いている。パパがこんなふうに泣くのは見たことがなく、泣き声をあげるたびに顔じゅうゆがんでいる。マックスがいちばん手に負えなかったときも、ママがすすり泣いてたときも、パパは泣かなかった。自分のおばあちゃんが、すごく年をとったせいで死んだときも、うちの三毛ネコのパーニキティを安楽死させたときも。

パパは救急隊員のひとりと話しているけど、なにをいってるのか聞こえない。マークさんの鉄の腕からのがれようと体をむちゃくちゃねじっていると、明るい色のジャケットを着たローダさんが目にはいった。ローダさんは、なんでスクールバスに乗っていないんだろう。マックスの手をぎゅっとにぎったまま立っていて、マックスはやけにおとなしくしている。見えていることよりもっともっと悪いことが起きているのに、目の前にあるいろんなかけらをつなぎあわせることができない。

すると、ふいにひらめいたことが、ふるえながら口からとびだした。もっともっと悪いことがなにか気づいたから。

で、声に出すと、なにかは悲鳴になった。

ママは、どこにいるの？

で、パパは口を開いたけど、すすり泣きしかもれてこず、警官に連れられて、ぽっかりあいている玄関からなかに入っていく。

で、マークさんがぼくの両肩をつかみ、指が骨まで食いこむ。なにかいっているけど、なんだかわからない。

　で、救急隊員の制服を着た女のひとが、なにかいいながらぼくとマックスを指さし、ぼくたちは、いまから起きることを見てはいけないのだとわかる。そのひとのベストにクリップでとめた無線機が、ひっきりなしにピイピイ、ザワザワ鳴っていて、そのたびにマックスがとびあがるから、ぼくはローダさんとつないでいないほうの手をにぎる。

　で、両方の肩に数字が縫いつけられた本物の警官がこっちに来て、マークさんになにかいい、ぼくとマックスだけがうちのドアの前から追いはらわれ、ローダさんは口に手を当てたまま、救急隊員の女のひとの横に立っている。ふりかえって、大声でパパを呼び、それからママを呼ぶと、マークさんがパパはすぐに来るといったけど、ママのことはなにもいわず、ママもいつもみたいにぼくたちのほうにかけだしてこない。

　で、ぼくたちはマークさんの家のキッチンに行く。うちと同じ形だけど、清潔で、真っ白で、マグカップまで真っ白でキッチンにぴったりだ。キッチンにいるニールの長くてグレイの毛に、マックスが指をからませる。なにもかもはじめてのことばかりなのに、マックスは平気な顔をしている。だけど、ぼくはちがう。だれもなにも教えてくれないし、呼吸だってちゃんとできない。窓ガラスに顔をおしつけ、青い光でいっぱいの通りに目をこらそうとしたけど、マークさんが窓からそっとぼくをひきはなし、紅茶をいれて、砂糖をスプーンに四はいも入れてくれる。ぼくは紅茶を飲まないし、ママは歯がくさって、ごそっとぬけちゃうからといって、砂糖をとりすぎるのをいやがる。それからマークさんは、マックスのためにテレビをつけてシービービーズ（BBC放送の幼児番組）にチャンネルをあわせてから、毛布を持ってきてきっちりくるんでくれる。マックスは、こうされるのがだいすきだ。それからiPadを出して、すばやくゲームをダウンロードする。いろんな形が出てくるゲームや、色があふれてるゲームや、おもしろい、ちっちゃな生き物が画面いっぱいにとびはねてるゲームや。マックスは自分のテレビアニメや、ゲームや、ニールといっしょに、ソファにまるくなっている。

マークさんが、完璧に白いマグカップについだ紅茶を出してくれたので、テーブルにはついたけど、ぼくの目は両方ともからっぽだ。湯気をあげて、歯をくさらせる砂糖が四はい入り、かきまわしたせいで渦を巻いている茶色い液体に目を落とし、渦が消えるまで目をはなせない。マークさんは、ママがとつぜん具合が悪くなったのだといい、ローダさんとマックスがバスで帰ってきたときに病気のママを見つけ、それでおおぜいのひとたちがここに来たのだと話してくれた。ママがまた発作を起こしたのだとわかって、少しほっとした。いつだって発作のあとは、すぐにまたよくなるから。ママはだいじょうぶかときいたけど、声がティッシュペーパーみたいに裂けてしまった。

するとマークさんは、自分の白いカップをおいてぼくを見てから、自分にもわからないといった。

で、世界は回転をやめた。

で、めちゃくちゃなことが、どっとおしよせてきた。

7　15　14　5

gone

いってしまった

ぼくはもう、みんなとちがう弟がいる男の子じゃない。ぼくはもう、サッカーのときに魔法の足をくりだす子じゃない。光速より早く、算数の答えを書く子じゃない。ちょっとだけ、やせすぎの子じゃない。ノアとけんかしなかった子じゃない。色でいっぱいの、おんぼろハウスに住んでる子じゃない。感じたことや、思ったことや、思い出を秘密の暗号で書く子じゃない。自転車で丘を超スピードでくだり、自分の横をビューンとすぎていくぼくを見ているひとたちに、ワーイ！　とさけぶ子じゃない。ぼくは、お母さんが死んでしまった男の子だ。

5　3　8　15

echo

こだま

病院からもどってきたパパが、**とっても安らかな顔をしていたよ**といった。みんながいつもいっているから、きっとこれが正しいんだろうっていうような言い方だ。マークさんがしてくれたように、パパが両方の肩に手をおいてくれると、ぼくはいままで想像したこともないくらい、大きくて、勇敢にならなきゃって思う。パパの話によると、ママがずっと具合が悪かったのは、頭のなかに腫瘍がひとつあったせいで、かといって今度みたいなことが起きるはずはなく、ママはよくなっていて、病気がどんどん治っていて、お医者さんたちはいつすっかりだいじょうぶになるか、パパたちに教えてくれることになっていたという。

　毎週、ママは病院で治療を受けていて、夏のあいだ、Mおばあちゃんがぼくたちの世話をしに来てくれると、なにかささやいてから、うちをこっそりぬけだしていたのもそのせいで、ママはひとこともいわなかったから、短く切った髪や、マックスに指をからまれないように髪に巻いているとばかり思っていたスカーフが目に浮かび、気分が悪くなった。**きみたちには、それでなくても大変なことがいっぱいあるんだから……っていってたよ**とパパはいい、その言葉のひとつひとつにすすり泣きが刻まれている。**よくなるはずだったのに**と、何度も、何度も、何度もくりかえし、しまいにもう言葉が言葉じゃなくなると、Mおばあちゃんがぼくの手をとって、ほしくもないコーラをわたしてくれ、そのあいだもパパは体をゆすりながら泣いている。

　Mおばあちゃんは、ぼくのほおをなでながら、**ママの頭のなかの血管が切れたのよ、すごくとつぜんだったの、だから、だれにも予想できなかったのよ**という。ぼくが予想できればよかったのにと思ったり、予想しなくてよかったと思ったりしながら、血がいっぱいにあふれた頭のなかが目に浮かぶ。濃い、真っ赤な血が渦を巻いたり、ぶつかったりしたあげく、しまいには暗闇しか残らない。するとMおばあちゃんがだれにも**予想できなかったのよ**と何度も何度もくりかえし、だれもがその言葉にからめとられたみたいに動けなくなって、ぼくはその言葉がこだまになってひびきあうまで悲鳴をあげたかった。

2 18 15 11 5 14

broken

こわれてしまった

ママが死んでから、四日たった。

パパは仕事に行ってないし、ゴミを捨てないし、料理しないし、シャワーだって浴びない。目が落ちくぼみ、白髪まじりの無精ひげを生やした骸骨のようだ。今日は、ぼくたちの前では泣かないけど、目のまわりが赤く荒れて、いつもしめっていて、たったいま泣くのをやめたか、これから泣こうとしているかみたいだ。朝食におりていくと、パパはキッチンのテーブルについたまま、ぼくたちがそろって落ちてしまった空間を見つめたっきり、ひとこともしゃべらない。ぼくは自分用のシリアルを出してから、マックスにポテトチップスの袋をわたし、食べられるように、ちゃんとテーブルについているかどうかたしかめた。パパは、ママからプレゼントされたぼろぼろのガウンを着ている。百年も前、ふたりがまだ大学生だったころ、マックスとぼくが、遠い未来にいたころにママがプレゼントしたやつ。だれかがたずねてきたときも、パパはガウンのままで、ちゃんと着がえない。来てくれたひとが、おおぜいいたのに。はじめのうち、マックスはお客をいやがったけど、いまはソファの上で、心配性のネコみたいにうずくまり、たずねてきたひとが特大のフォイル容器に入れたパスタベイク（ゆでたパスタにトマトソースやミートボールなどをまぜ、チーズをのせてオーブンで焼いた料理）やら、シチューやらを冷凍庫に入れてくれるあいだ、手のひらをちゅうちゅうかんでいる。そのひとたちはパパにお茶をいれてくれてから、テーブルいっぱいにおいてある飲んでいないカップをさっとかたづけて洗いあげ、流しのわきに完璧に積みあげる。これで少しは役に立ったと思っているんだろうな。

　シリアルのお皿を流しに入れてから、そのままにしておこうと思ったけど、きのうのお皿と、シリアルのくずがついたスプーンもあったので、洗うことにする。洗剤の入れ物をぎゅっとにぎりすぎたから、流しが泡でいっぱいになり、お皿が手から落ちてガシャンと割れた。パパは、遠くからなにか聞こえてきたというように顔を上げたけど、また宙をにらみはじめる。お皿の破片をゴミ箱に入れてから、ソファにすわって泣いた。

　夜になるとMおばあちゃんが来て、ゴミを捨て、パスタベイクをオーブンに入れてくれた。そうでなかったら、ぼくたちはパスタベイクがあるのを忘れてしまったかも。どっちみち、マックスはポテトチップスしか食べないけど。マックスがお風呂に入りたがらないのは前と同じだけど、今夜はぜったいに入らないとがんばっている。前にはそんなことはなかったのに。M

おばあちゃんは、なんとかマックスをお風呂に入らせようとして、そしたら特別のごほうびをあげるといってるけど、おばあちゃんはマックスがほしいものなんか持っておらず、マックスは自分だけのプラスチックの本をパラパラめくって、うちの家族の名前と写真が入った小さなカードを見つけ、そのうちの一枚をMおばあちゃんにわたした。カードに**ママ**と書いてあるのを見たとたん、ぼくの胸は、はりさけた。Mおばあちゃんの胸もそうだと思う。

　夜になると、ベッドに入って、お話をきいて、ぬくぬくと眠る時間なのに、マックスはママを探して家じゅう歩きまわり、階段の下の戸棚にも、カーテンのかげにも、ママのベッドにもいないのがわかると、大きく口をあけて泣きわめく。それはおなかのずっと深いところからわきでた声で、そんな声は一度も出したことがない。悲しみがいっぱいつまった声は、ぼくの骨にこだまして、体のなかに痛みが走り、骨がバリバリ折れていくみたいだ。

4 21 19 20

dust

塵

ママが死んでから六日たった。時間がばらばらになっていく気がするから、数えないわけにはいかない。今日はママのお葬式だけど、教会は明るすぎるし、お葬式は悲しすぎるし、いままで出たことがないから、マックスは行かないことになった。ぼくにだって、明るすぎるし、悲しすぎるし、いままで出たことがない。新しくてちくちくする、黒いスーツを着たけど、こんな服、二度と着るもんか。お葬式には、おおぜいのひとが来ていて、**なんて悲しいんでしょう**とか、**まだお若いのに**とか、**ショックでしたでしょう**とか、**なにかお手伝いできることがあれば**とかいっていて、そういう言葉がもわーんとひびきあっている。

Mおばあちゃんに、お葬式がおこなわれる礼拝堂に連れていかれ、お棺を見ることができた。足がふるえだし、おばあちゃんの手を、関節が白くなるくらいぎゅっとにぎりしめる。本物のお棺を見たことは一度もないし、亡くなったひとをダイヤモンド型の木箱に入れ、そのまわりを残されたひとたちがかこむなんて、信じられないくらい恐ろしいことを考えたものだと、ふいに思った。死んでからママに会っていないから、想像するしかないけど、命を失ってかたく凍りついた、冷たくてグレイっぽい顔が目の裏に渦巻き、ゴーゴーと吠える。つるつるした木の上に手をおいて、ママが本当にこのなかにいるなんて信じられないから、モールス信号を打った。

・・　・―・・　―・――　（ＩＬＹ　だいすきだよ）

ママは、ぜんぜん打ちかえしてくれない。

自分の娘が死んだから、Mおばあちゃんはお葬式のあいだじゅう泣いていて、涙が水晶の川みたいにほっぺたを流れ落ちているけど、ひとつも泣き声をあげなかった。パパも泣いていて、マックスみたいに吠えているような声をあげ、ぼくは木の箱をじっと見つめながら、なかにいるママを想像しないようにがんばっていた。カーテンのうしろにお棺が姿を消していくと、ぼくは手をのばした。ママとぼくたち三人とのあいだに裂け目ができてしまった。ママは永遠に姿を消して、星くずに、宇宙の塵にもどってしまう。

　お葬式のあと、学校の体育館のにおいがする部屋で、ちっちゃなサンドイッチを食べた。アンジェリークさんがいて、ナタリーさんとヘーゼルさんがいて、三人ともマックスが**イヌ**といってから、うちに来てくれるって約束してたけど、時間をとれなかったと話してくれた。パパの両親は来られずにスコットランドにこもっていて、行けないのが本当に残念でごめんなさいと書いたカードを送ってきた。そのときは悲しいと思ったけど、今日はだれにも来てほしくない。

　パパのお兄さんのサイモンおじさんが、パパの手をちっちゃな子どもみたいにひきながら部屋をまわっていき、どんどん、どんどんはなれていく。ぼくはひとりぼっちで立っている。すると、ママのお兄さんのダンおじさんが、ぼくの両肩をぎゅっとつかんで、ぼくのことを勇敢だといってくれたけど、ぼくは勇敢なんかじゃないからなんて返事したらいいかわからない。もう呼吸もできなくなり、息を吸ったり吐いたりするたびに胸のなかに傷がついていく。ダンおじさんがスカッシュの入ったコップをわたしてくれたけど、それからどう言葉をつづけたらいいかまよっているのがわかり、だけどママが死んだ、かわいそうな男の子にかける言葉なんてだれも知らないから、おじさんはまた肩をぎゅっとにぎっただけで、あっちに行ってしまう。

　凍りついたように立ちすくんで、ひどくて恐ろしい場所にピンどめされているぼくをマークさんが見つけ、こっちに来てくれた。でも、やっぱり話しかけたりはしない。かといって、どうやったらぴったりの言葉が思いつくか脳をふりしぼっているようすでもなく、パパがゾンビみたいな歩き方で、みんなのあいだをまわっているあいだずっとそばにいてくれたから、やっとひとりぼっちという気がしなくなった。

顔だけは知っているひとたちも何人かいて、こっちに来てハグしてきたけど名前を思い出せず、スーツのせいで体じゅうチクチクする。アフマドとジェイミーもお母さんやお父さんといっしょに来ていて、スーツを着ているので変な感じだ。ふたりもハグしてきたけど、いつもはハグなんかしないからまちがったことをやってるみたいで、ぼくは身をよじって逃げてからトイレに行き、だれからも、なにからもはなれた。

トイレからもどると、みんなのやってることは、おしゃべりと、グラスでワインを飲むことだけで、なかには笑い声をあげているひとまでいる。腹が立って、顔が真っ赤になるまで悲鳴をあげたい。どなりたい。やめろ、ママが死んだってことを思い出せよ。

お葬式のあいだ、ローダさんがマックスといっしょに留守番をしてくれた。うちに帰ると、ローダさんはぼくの手を両手でぎゅっとにぎり、それから強い力でぎゅっとだきしめてくれたから、目から涙があふれ、泣いて、泣いて、わあわあ泣いて、そのあいだじゅうローダさんは赤ちゃんにするようにぼくをゆすってくれた。

あの日、ローダさんがマックスといっしょにバスで帰ってくると、家がしーんとしていて、ドアのベルをおしてもだれも出てこなかったけど、ドアノブをまわしたら、いつもと同じように鍵はかかっていなかったという。マックスが帰ってくる時間をママが忘れて、買い物にでも行ったのかな、だけどママらしくないなと思っていたら、キッチンにたおれている人影に気がついて、マックスをかかえてバスにもどし、シートベルトをしめると、いつもとちがうからマックスは悲鳴をあげ、あばれて、かみついたけど、家にもどって電話で救急車を呼び、うちのまわりが爆発するようなサイレンの音でいっぱいになった。

ローダさんは救命手当を知っているから、ママを助けようとしたのはわかっていて、Mおばあちゃんはヒーローだといっているけど、それは正しいようで、まちがっている。だって、ママは死んでしまったんだから。

その晩、黒いスーツをはさみで切った。ジャケットがカラスの羽みたいな黒い切れはしになって、どなられるかなと思ったけど、Mおばあちゃんは、ぼくをぎゅっとだきしめただけだった。パパもなにもいわなかった。なんていったらいいかわからなかったから。ぼくにだって、わからない。

12 15 19 20

lost

どうしたらいいかわからない

ママが死んでから、十日たった。学期半ばの休暇が終わると、マックスは前と同じ、きまった生活をしなきゃいけないので学校にもどり、ぼくは学校に行かず、ベッドのなかにいる。本当は屋根裏部屋にかくれたかったけど、あの階段をのぼってママのものだったアトリエに行けないから、自分の部屋で赤い表紙のノートを開き、ファミリーツリーは書かずに、思ったことを暗号で書いている。今朝、Mおばあちゃんにしたくをしてもらったマックスは、ローダさんに会いにバスまでトットコ走っていった。いったい、どれくらいわかっているんだろう。

でも、午後になって帰ってきたマックスは、ママを探して走りまわり、つぎの朝はママとパパの寝室に突進した。いままでは、ママがあんなにグレイっぽい顔色をして、あんなに疲れて具合が悪かったのがマックスのせいじゃないってわかったから、なんとかあやまりたい、耳のカーブにごめんねって何度も何度も何度も何度もいいたいけど、どうやって言葉を口から出したらいいか、わからない。

　つぎの日、アンジェリークさんが来たけど、マックスはプラスチックのカードを見ようともしなかった。そっぽを向いてしまい、アンジェリークさんがカードをちょうだいというのをやめて、くるくるまわるブルーの風車を差しだしても、手にとろうとしない。アンジェリークさんのひざに乗ったマックスは、両手の指をからませて、なにかの像みたいにじっとすわったまま見えないなにかをじっと見つめ、そのあいだずっとアンジェリークさんはマックスの髪をなでていた。

1　12　15　14　5

alone

ひとりぼっち

ママが死んでから、十七日たった。ぼくのまわりの空気は、からっぽ。マークさんは毎日、午後のきまった時間にベルを鳴らして、ニールといっしょに散歩に行かないかとさそってくれるけど、ぼくは行かない。お葬式(そうしき)のあと、一歩も家を出ていない。放課後、ジェイミーとアフマドがドアをノックしてくれても、会いたくなかった。ふたりは前と同じで、なんにも変わっていないから。自分の部屋にすわって、ノミの市にママと行って買ったまるいガラスの文鎮(ぶんちん)をにぎり、壁(かべ)の銀河をながめながら、ぶつけて千個(こ)のかけらにしたいのをがまんする。

19　9　12　5　14　20

silent

しゃべらない

ママが死んでから、二十三日たったけど、時間はまだこわれていて、ふらふらしていて、びくびくしていて、むちゃくちゃだ。学校には、ずっと行っていない。ヘイヴァリング先生がお悔やみのカードをくれ、それから宿題も送ってきたけど、ちっともやっていないし、パパもやりなさいといわない。パパは、ずっと仕事に行っていない。すっぱいにおいをさせ、ガウンを着て、一日じゅうソファにすわっている。家は静まりかえり、凍りついている。ぼくはしゃべらず、パパもしゃべらず、たずねてくるひともだんだんいなくなって、ぼくたち三人だけになった。Mおばあちゃんは、ぼくは学校に行かなきゃいけないといいはじめ、パパに**フランクを前と同じ生活にもどらせなきゃだめ、ふつうの暮らしをさせなきゃ**といっているのが聞こえ、パパはなにもいわなかったけど、ぼくと同じことを思っているのがわかった。前と同じ生活になんか、ぜったいにならない、って。

　つぎの日、Mおばあちゃんが、ぼくの部屋に入ってくるなりカーテンをあけたので、朝の光が目のなかにあふれた。それから洗いたての服をベッドにおき、うたってるような声で朝ごはんが待ってるよというから、学校におくれないように起きるしかない。行きたくないし、みんなの前で泣くかもしれないから行けっこないのに。もし家を出たって、帰ってきたら、うちはがらんとからっぽで、前とはまるっきりちがうのに。だけど、Mおばあちゃんが元気よくかけぶとんをひっぱるから、ハチミツにからめとられたように手足を動かし、まっすぐに立った。**いい子ね。**おばあちゃんはそっといい、ママがいつもしてくれたようにほっぺたをなでてくれた。

　というわけで学校に行ったけど、ひとこともしゃべらなかった。みんなが集まってきて、目をまんまるにしている。サムが大事にしているマッチアタックスのカードをくれ、名前も知らない女の子がぎゅーっとハグしてきたので、肺のなかの空気がはじけそうになった。

　休み時間、サッカーをやる子たちがキックオフの前に円陣を組んで作戦を話しあい、ぼくもロボットみたいに輪に入る。みんなにゆさぶられたり、腕や、ひじや、肩でおされたりしながら、やっとやっと立っていた。そのうちに息ができなくなり、円陣をぬけて運動場を走りぬけたい、柵をよじのぼって乗りこえ、筋肉が焼きつくされて心臓が止まるまで走りつづけたいと思ったけど、足が動かない。

　やっと円陣がとけたけど、ひとことも耳に入らなかったから、どういう作戦かさっぱりわからない。ほかの子は、それぞれ位置についたのに、ノアだけが残っていて、かがみこんで耳にささやいてくる。**母ちゃんのこと、気の毒だったな、フランク。けど、おまえの弟は、なにがどうなったのか、わかってないだろ。**すごく低い声だったから、ぼくの耳にとどく前に風にさらわれるかと思ったけど、ちゃんととどいて、渦を巻きながら耳から入り、脳までとどく。それからノアは、みんなのほうに歩いていき、**ボールよこせ**っていうと、ボールがバウンドしながらノアのほうにいき、それがまるでぼくがくるくるまわりながら放りこまれたからっぽの宇宙を、目のくらむ速さで落ちていく隕石みたいで、目に見えるのはマックスがとびはねながらママを探して家じゅうをまわり、いないので体がはりさけそうな声で泣きわめいているところだけで、ぼくはひとつもゴールをきめられず、ひとこともしゃべらなかった。

　ジェイミーが、さあ、やろうぜとさそいにきたときも、しゃべらなかった。算数の時間、ヘイヴァリング先生に答えをきかれてもしゃべらなかった。先生はぼくがわかっていないと思っただろうな。マックスに親指で両方の目をつつかれ、まぶたの裏で世界が爆発してもしゃべらなかった。Mおばあちゃんに、アンジェリークさんの誕生日プレゼントを買いにいかないかとさそわれても、しゃべらなかった。マックスが、食器棚のマグカップがいつもとちがうとかんしゃくを起こし、キッチンの床の上で溶けてしまってもしゃべらなかった。ぼくたちにはいつもと同じマグカップに見えるから、どうしたらいいのかわからず、マックスはキイキイ、

キイキイ、キイキイ悲鳴をあげつづける。しゃべらなかった、しゃべらなかった、しゃべらなかった、しゃべらなかった、しゃべらなかった。頭のなかには、ぼくが感じていることがずらずら、ずらずら書いてあるけど、どうしても口に出すことができない。

声を出すかわりにモールス信号を打ったけど、だれにも解(と)くことができない。

・・・ ―――― ・・・ SOS(エスオーエス)

ママなら解けるけど、もういないから信号を打ちかえしてくれない。

ぼくは宇宙全体を縫(ぬ)ってつなぎあわせる暗号を作れるほどかしこくないけど、今はもう黄金(おうごん)比(ひ)だって、ママが死んだことにはちっともあてはまらないから、シューッ、ジンジンと頭のなかにひびいてこない。黄金比が完璧(かんぺき)だなんて、ちっとも思えない。なんの意味もないんだ。書きたい言葉が作れないから、暗号をこしらえることもできない。自分がだまっているのがこわい。歯にはさまった綿菓子(わたがし)みたいに、なにかがぼくに刺(さ)さっているのに、それをぬきとることもできなければ、言葉を作ることだってできない。マックスは、いつもとちがうぼくをいやがって、両手で顔をはさんで、ぼくの声をしぼりだそうとする。

19　15　18　18　15　23

sorrow

悲しみ

ママが死んでから、二十八日たった。Mおばあちゃんとパパが、キッチンで口げんかしている。その声が天井にはねかえって、ぼくの部屋に入ってくる。怒りや悲しみの言葉のはしっこが聞こえ、Mおばあちゃんの声が床板のあいだから上がり、割れ目からしみ出てくる。**ふたりが、こんな目にあっているのを、あの子が望んでるはずないでしょ、もうそういうのはやめて、ちゃんとふたりの世話をしてちょうだいよ。**すると、すすり泣きがまじったせいでやさしくなった声が階段を上がってくる。**彼女がいなかったら、ぼくにはできないんです、なにひとつできないんだ、わかってくださいよ。**

　がまんできないことを聞いたときのマックスみたいに、耳に指をつっこんでいたから、マックスが部屋に入ってきたのが聞こえず、細い両腕をぼくの首にまわして、よごれた顔を肩におしつけてくるまで気がつかなかった。ぼくの髪にからませている指先は三日月形に黒くよごれ、すすり泣くような声を小さくあげている。両手でぎゅっとだきしめてやり、なにもかもだいじょうぶにしたかったから、両手を使ってだいじょうぶだよといい、ずっと使っていなかったのに、そのときだけのどからひきはがしたしゃがれ声で、**だいじょうぶだからね**といってやる。それでも、パパの声は怒（おこ）った波になって、床板から上がってくる。

Mおばあちゃんは、自分の妹の家に泊（と）まりに行ってしまった。

6　1　18
1　16　1　18　20

far apart

遠くはなれて

つぎの土曜日と日曜日。パパはマックスをどうあつかったらいいかわからず、マックスもパパを相手にどうしたらいいかわからない。二頭のオオカミみたいに、おたがいのまわりをぐるぐる歩いて、びくびくしている。服を着がえたり、食事をしたり、お風呂に入ったり、じっとすわったりさせようとパパはやってみるけど、マックスはどれもやりたくないからしないで、どんよりして、きたなくて、悲しい顔をしている。どんどん遠くに消えていくから、ぼくもどうやって助けたらいいかわからず、やってみるだけのエネルギーが自分のなかに残っているかどうかもわからない。ママが、シナモンシュガーのにおいをさせながらキッチンに入ってきてほしい。マックスの手をとって、いろんな色がしまみたいになってる泡のお風呂に入れ、よごれも涙も洗い流し、それからぼくたちふたりを厚い毛布でくるみ、ぼくたちといっしょにソファにすわって自分が作ったお話をして、お話の絵を描いてもらいたい。ママの温かいやわらかさに包まれたくてたまらない。

そうしてもらいたくて、もらいたくて、胸のなかの痛みが、古傷みたいにうずく。

マックスとパパとぼくは、おたがいに遠くはなれてしまい、かけらを集めて、糊でくっつけてくれるひとはだれもいない。マックスは、ぐるぐる回転しながらぼくからはなれていき、パパは銀河の向こうに行ってしまい、もう手をのばして、ふたりにさわることもできない。

18 15 1 13 9 14 7
23 9 12 4

roaming wild

あてもなく歩きまわる

ママが死んでから、三十四日たった。アルミフォイルのお皿に入った食べ物はとどかなくなり、ドアの郵便受け口からカードも入ってこない。世界は回転しつづけているけど、ぼくたちは同じ空間に、同じ場所に閉じこめられたままだ。学校に着ていく服は、いつもよごれてしわくちゃだけど、洗濯機の動かし方がわからず、やってみたらセーターがちぢんでしまった。

マックスが学校から帰ってきたときに、だれも家にいないから、仕事にもどったパパは、前よりも早く帰ってくるけど、パパがいたってなにも変わらず、マックスは家のなかを歩きまわるばかりで、パパはどうすることもできず、アンジェリークさんでさえ、すわらせて絵のついたカードや、ぴかぴか光ってぐるぐるまわるものが入ったおもちゃを見せたりできない。

Mおばあちゃんは来てくれるけど、骨がキイキイ痛むので、マックスがいままで見たこともないくらい怒って溶けてしまっても、どうすることもできない。マックスはドアというドアにいたずら書きをし、枕をひきさき、あたりに羽毛が雪みたいに舞いあがる。

13　5　12
20　4
15　23　14

meltdown

メルトダウン

ママが死んでから四十日たった。パスタベイクもシチューも全部なくなったから、三人でスーパーマーケットに行くことになった。冷蔵庫をあけたら、古くなって乾燥したレモンが一個あるだけで、手にとったら空気みたいに軽い。冷凍庫は氷がびっしりついていて、けわしい氷壁をのぼる勇敢な登山家になったと想像しながら引き出しをあけ、なにか食べられる物がないか見たけどなにもなく、両手が紫色になり、床一面に吹雪みたいに散らばった氷をパパに見つかっただけだ。いっしゅん、どなられるかもって思ったけど、パパは椅子にすわって、両手でサンドペーパーみたいなひげをジョリジョリこするだけで、マックスはその音をいやがっている。きっとパパは、今夜もソファにぐったりすわったままで、ぼくは夕食に牛乳なしのコーンフレークを食べ、また乾燥した宇宙食を食べてるつもりになるんだろうな。

　そう思っていたら、ふいにパパは立ちあがって、**食べる物を買いにいかなきゃな**といった。ふたりで出かけてるあいだマックスを見ていてくれるひとがいないから無理だと思ってそういうと、パパはぼくをにらみつけ、**マックスも、ちゃんとやらなきゃいけないんだ**といいかえす。マックスに**コートと靴**のカード、それから**店**のカードを見せるのを待っていたけど、パパはそうせずにコートと靴をとってこようとしてるから、うまくいきっこない。

で、プラスチックのカードをめくってカードを三枚探しだし、マックスの特別なノートにマジックテープでもぞもぞくっつけて見せたけど、いつもそういうことをするのはぼくじゃないから、マックスはとまどっている。で、最後にビスケットのカードを貼りつけて、**いいか、最初にコートと靴、それからお店、そしたらビスケットだよ**というと、マックスはビスケットのカードだけはがして、ぼくにわたしてくる。カードの会話にすっかり慣れてしまい、利口になりすぎてるんだ。もう、どうしたらいいかわからない。

フランク、来い、パパがどなる。聞こえていないと思って、大声を出したわけじゃない。まるで、ぼくがまちがったことをしてるみたいにどなるから、マックスはキイキイ悲鳴をあげ、ぼくはのどがヒリヒリでカラカラになるまで、つばを飲みこんだ。

パパは格闘しながらマックスを車におしこみ、格闘しながら車から出し、そのあいだずっとマックスはキイキイ悲鳴をあげ、スーパーマーケットに入ってもキイキイいいつづける。照明が明るすぎるし、買い物のリストはないし、パパがカートに品物を入れようとしながらマックスをつかむと、マックスは溶けて、溶けて、溶けてしまう。まわりのみんなが、よごれた服を着て、ぎらぎら目を光らせたひげづらの男と、よごれた顔をして、縫い目にポテトチップスのかけらが入った小さすぎるティーシャツを着て、ぎらぎら目を光らせた男の子を見ているから、消えてしまいたくなったけど、そのひとたちはぼくのことも見ている。パパはしゃがれ声で、音のはずれた歌をうたってやろうとしたり、いま、なにをしているか話してきかせ、ポテトチップスや、ベージュ色の食べ物や、ぼくのお弁当用のものを買わなきゃいけないといいきかせたりしているけど、マックスは、ずっと、ずっと遠くへ行ってしまい、パパの言葉が通路にこだまして消えていく。

19 16 1 18 11 19

sparks

火花

ママが死んでから、四十三日たった。土曜と日曜はいつも長くて、のろのろと苦しくすぎていき、自分の部屋でまるくなってノミの市で買ったマンガ雑誌（ざっし）の「ビーノ」を読んだり、マックスをおとなしくさせられなかったときに割（わ）れてしまったiPad（アイパッド）で、マインクラフトをしたりしていた。でも、今日はアフマドの家に行くことになっている。なにもかもからっぽになってしまってからはじめてのことだ。アフマドのお母さんは、毎日食べ物を持ってきてくれ、持っていないマンガ本をぼくに、ちっちゃなくるくるまわるおもちゃをマックスにプレゼントしてくれたのに、一度もお礼をいっていなかったと思う。

アフマドの家は、ジェイミーのところとはちがっている。ジェイミーにはお兄さんがひとりいるだけで、家のなかはマークさんのところみたいに壁（かべ）が白く、家具はグレイで、なにもかもきちんとした場所におかれている。ママは、ジェイミーの家は美しくて、子どもがふたりいるのに、あんなに清潔（せいけつ）

でかたづいているなんて、ご両親はとてもかしこい方だといっていた。前に一度だけ、クリスマスのパーティーに招かれたことがあって、ママはずっとマックスの腕をぎゅっとにぎっていた。マックスがふったり、落としたり、やぶいたりしたくなるような美しい物がいっぱいあったからだ。虹みたいにいろんな色が入っている涙型のガラスの置き物に、マックスがずっと手をのばしているので、ほかの宝物を見ているすきに、別の棚にある写真のうしろにかくした。お母さんとお父さんの結婚式の写真だ。

ジェイミーのお母さんは、ずっと笑いながら**すきなようにさせなさいな、だいじょうぶよ**といっていたから、ママはマックスから手を放し、取っ手のついていない銅のマグカップから、スパイスのきいた熱い赤ワインをすすった。とたんにマックスは、**ものすごく高い**スピーカーのまるくてやわらかいところに指をおしつけ、小さな穴をあけてしまった。ママは、マグカップのワインと同じくらい真っ赤な顔になり、ジェイミーのお母さんは、だいじょうぶといったけど、マックスが大事な物をこわし、それをママとぼくは止められなかったんだから、だいじょうぶなはずはなく、それからマックスを連れていったことは一度もない。

アフマドの家には、高いスピーカーも、こわれそうな涙型のガラスもない。とってもにぎやかで、ひとであふれていて、ソファはくたっとしていて、壁には派手な色の絵が一面にかざられ、ひだをとった布がかけてある。だれかがしょっちゅう大声を出し、だれかがしょっちゅう笑い声をあげ、だれかがしょっちゅう料理を作っていて、みんながしょっちゅうアフマドをハグしたり、ほっぺたをつねったりしたがる。もう十歳になっているのに。いつだって、いろんな音や動きやおおぜいのひとたちであふれているから、自分もそのなかに溶けこんでいる気がしてきて、ドアから入ったとたんにちょっとだけ前の自分にもどったようで、命のない家の、静まりかえった冷たい空気のなかにいる、お母さんのいない子じゃなくなった。

　アフマドとビデオゲームをしようとしたけど、小さないとこやら、甥やら、姪やらが、キャッキャッと笑いながらテレビの前を走りまわる。どうやらウソっこのワニに追いかけられているらしい。アフマドは、マックスにゲームをじゃまされたぼくみたいに怒ったり、どなったりせず、床に腹ばいになると、ワニっぽい声で吠えてから、カーペットの上をはいまわりだす。子どもたちのかかとをパクッとやったり、足をしっぽみたいにふりまわしたり。こわいのとうれしいのとで、子どもたちはおおはしゃぎだ。ふいに、ぼくの口から笑い声がとびだしたから、ぼくもみんなもびっくりした。

　その笑い声が、まだちっちゃな火花みたいに体のなかでパチパチはじけているのを感じながら、アフマドの家から帰った。で、自分の部屋のドアをあけると、とんでもないことになっている。暗証番号2302のダイヤル錠をかけるのを、ころっと忘れていて、だれもぼくのかわりにかけてくれなかった。サッカーボール模様のかけぶとんはひきさかれ、大事な「ビーノ」は、どれもちっちゃな虹色の雪になって床に落ちている。トロフィーは折れたり、割られたり。壁じゅうボールペンでなにか描きなぐってあり、ちぎれた紙のぬかるみに、ぼくの本が散らばっている。本は、ぼくのいちばん大切なものだ。ママがいつも読んでくれた言葉を吸いこむと、その言葉が頭のなかに渦巻き、パチッとくっつけたり、ひきはなしたりしながら、ママとそっくりにいえたから、マックスがやったことを見たとたん、息ができなくなった。なにもかも、めちゃくちゃじゃないか。

光がちかっと目に入る。ママがノミの市で買ってくれたガラスの文鎮が、虹のかけらみたいにカーペットの上にとびちっている。あんなにすばらしい、あんなに完璧な、あんなにぼくの部屋にぴったりだった文鎮が、欠けて、こわれて、こなごなになっている。思いっきり気持ちを口からとびださせて、**吠えた。**

それは、自分のなかから出るのを一度も聞いたことがない声で、部屋にとびこんでくるなり目をまるくしたまま立ちすくむパパの横をすりぬけて、部屋をとびだす。どこへ行くのか、ちゃんとわかっている。

ドタドタと階段をおりて、マックスの特別な箱のところに行き、なかにしまってあるハンドスピナー（まわして遊ぶおもちゃ）や、ぴかぴか光るボールみたいな宝物のなかから、マックスがだいすきで、ページが折れまがり、背表紙にしわがよっているバカみたいな『あかちゃんのカタログ』をひっぱりだす。ちぎろうとしたけどかたすぎたから、ふみつけてひきさき、野生の少年みたいに歯を使い、入ってきたパパにはがいじめにされて持ちあげられても、足をばたばたさせて本を放さず、しまいにパパがひっぱったので、『あかちゃんのカタログ』は小さな音を立てて真ん中から裂けた。もう絵本じゃなくなったけど、ぼくの部屋と同じようにこわれて、めちゃくちゃになるまでやめない。こうしたら、マックスにも、自分がなにをやったかわかるだろう。

それからマックスをどなりつけた。マックスは、家じゅうぴょんぴょんはねまわりながら、指を曲げたり、ひらひらさせたり、パチッと鳴らしたりして『あかちゃんのカタログ』をほしがっている。マックスは親指で絵本のページをさすり、すみをパラパラさせて、絵に鼻をくっつけなきゃいけないのに。そしたら、インクのにおいが脳にひらりととびこみ、マックスはにっこり笑うのに。はねて、はねて、はねまわり、どんどんそれが速くなり、必死になって、しまいに体のなかのゴムがぷっつんと切れ、怒って、溶けて泣きだす。なにもかも、ぼくのせいだ。ロケットが何機も、ぼくのおなかにドーンと落ちる。

パパは、マックスをひきよせ、ぼくたちふたりをぎゅっとだきしめた。明日、店があいたらすぐに新しい『あかちゃんのカタログ』を買ってくるといっているけど、マックスは聞いていないし、店がいつ開くのかも知らないで、ぼくが怒って百万個にひきさいた絵本をほしがっている。さけんで、さけんで、さけびまくりたかったけど、パパはふたりに腕をまわし、だきしめたままでいて、パパの心臓と、ぼくの心臓と、マックスの心臓が、ドラムのシンフォニーみたいにいっしょに鳴っているのがわかる。もがいて逃げようとしたけど、パパはぎゅっとだいたまま放さず、胸いっぱいにはげしく息を吸ったら、そのうちに筋肉が溶けはじめ、パパの体の温かさで心が静まるのがわかり、パパはぼくを放そうとせず、三人でワアワア泣いて、パパは**ああ、ぼくのきみたち、ぼくのきみたち**といいつづけ、マックスはぼくとパパの涙を指でたどっている。

その晩、パパはマックスをベッドに入れ、お話を読んでやり、小さな体をきっちりとかけぶとんでくるんだ。それから、ぼくの部屋をいっしょにかたづけ、かみそりみたいにするどいガラスのかけらは、パパがはきあつめた。なにもかもゴミ袋に入れてから、ぼくはかわりのかけぶとんをもらい、パパはぼくのこともきちんとくるんでくれ、もう十歳だというのに、お話を読んでくれた。

つぎの日、ぼくの学校に行く服は洗ってアイロンをかけられ、月曜日を待っていた。

6 15 18 5 19 20 19

forests

森

ママが死んでから五十二日がたち、ぼくのうち以外は、どこもかしこもクリスマスの空気でいっぱいだ。教室の窓に雪のスプレーが吹きつけられ、講堂にはとげとげの枝を広げた、太い木が立っている。かざりつけは六年生がやっていいことになり、ヘイヴァリング先生に、きらきら光るモールや、ぴかぴかの玉でいっぱいの茶色い大きな箱を、手おし車で運ぶようにいわれた。クリスマスや、新年や、ぼくの先につづくからっぽな年月のせいで、ママがぼくからどんどん遠いところにいってしまうと思うたびに、ぐらっとかたむくような、ぐるぐる回転するような気持ちがおなかをかじりだすけど、せいいっぱい無視してきた。きれいな玉を下げたり、モールを枝にかけたり、妖精の灯りをつるしたりしながら、なんとか脳みそを切りかえようとしたけど、ちっともいうことをきいてくれず、そんな気分がどんどん大きくなってきて、しまいにトイレにいってハンドドライヤーのスイッチをいれ、頭のなかで吠えつづけている声をかきけそうとした。

今日は、さよならのベルが鳴っても、うちには帰りたくない。学期の最後のこの日は、毎年ママといっしょにクリスマスツリーを選びに行っていたから。ママはいつも形の悪い、みすぼらしいツリーを買いたいといったけど、針みたいな葉っぱが茶色くなり、枝がたれさがっているそんな木は、床のすみにどけられていた。ママはそういう木をあわれんで、かわいがってくれる家に行きたがってるみたいといった。だけど、いつもぼくはワイルドな荒野のにおいがする、新鮮であおあおした木がほしかった。

　重たい足で家に入っていくと、パパはコンピューターに向かい、マックスは透明なプラスチックの雪だるまをにぎっている。雪だるまのなかには、雪みたいにきらきらした、ふわふわの小さなものが舞っている。パパが、それは新しいおもちゃで、ローダさんからのクリスマスプレゼントだといい、マックスがぼくに差しだすので、プラスチックに閉じこめられた吹雪を見てみる。がっくりした気分が、骨のなかでじりじり燃えているけど、なにもいわずにテレビを大きな音でつけると、マックスが両方の耳をふさぎ、雪だるまが床の上をころがっていった。マックスの悲鳴をかきけそうと、もっと大きな音を出して屋根裏部屋までかけあがりたいと思ったけど、あそこはママの部屋だったから、いまはもう行けない。

　パパがコンピューターから顔を上げ、**フランク、なにをしてるんだ？　マックスがいやがってるだろ**という。

ぼくのことは、どうなんだよ？

ぼくのことは？

ぼくのことは？

そう思ったとたんに言葉が脳からもれて口に入り、どなっていた。

パパはコンピューターを閉じると**いったいどうしたんだよ**とききぼくの口からは言葉が立てつづけに、あぶくみたいにとびだして、クリスマスツリーのことをいっていた。

すると、パパはマークさんのところに出かけていき、やがてふたり分の足音がもどってきた。玄関にマークさんが立っていて、パパが、**さあ、行こうか。マックスと留守番してくれるって**という。

いつもママとクリスマスツリーを選んでいた店に、パパが車で連れてってくれることになった。ふたりだけで車に乗るなんてこと、いままであったかな。ぼくがラジオをつけ、ふたりでうたい、ふたりとも音をはずしてるから笑いだし、もっと大声を出すと、ますますむちゃくちゃになった。

もうすぐクリスマスだから、木はあまりなかったけど、少しだけ残った木が、店の空気を森の香りでいっぱいにしていた。あちこち歩きまわってさがしても、うちにぴったりの木はどこにもない。パパが、**さあ、フランク。どれにするんだね**という。ツリーの森のなかを歩きまわっているうちに店の奥までたどりつくと、そこにさびしそうな、茶色い木が全部かくれていたから、**これがいいな。パパ、これ買ってくれる？**　といった。

店のおじさんは、茶色いクリスマスツリーなんか一本だって売りたくないらしく、こいつらは薪にするしかないというから、切られて細かくなっちゃうと考えただけで胸がドキドキしてきて、**お願い、お願い、お願いだからこれをください**といっていた。するとおじさんは、あきれて目玉をくるりと上に向け、こんなのでよかったら全部持っていけというから、パパを見ると、パパもおじさんと同じ顔をしている。車に六本もの木を積みこむのはほんとに大変で、車におさまったところを見ると、これから焚火をしますといっているみたいだ。

うちに帰って、リビングに茶色い木の森を作った。こんなふうにするのは、はじめてだし、ツリーをかざっているようにも見えなかったから、マックスはどうしたらいいかわからないようすだったけど、いろんな色に変わるライトに電池を入れて、パチッとスイッチをおしたら、それが魔法の呪文になった。ぴかぴか光る玉をとりだすと、マックスがさわろうと両手をのばす。どうやってライトを枝から枝へわたすか教えたら、どの木もきらきらかがやきだし、四方の壁を虹色にいろどった。

クリスマスの日、自分たちが作った森のなかにすわって、ぼくたちはママのことを思った。

そしておおみそかの夜、空に花火がドカーンとはじけ、ぼくたちをまっさらの新しい年に放りこむと、またママだけをおいてきぼりにしてきちゃったという気分になった。

23 9 12 4 2 15 25 19

wild boys

野生の少年たち

ママが死んでから六十七日たった。クリスマス休暇は今日で終わり、明日から学校だ。雪がふっている。どこもかしこも真っ白な枕みたいにおおい、家々を凍らせて、木の枝から重くたれている。ホーンとライトのついたそりを、ワイルドな荒野に持っていきたい。でも、日がさしている時間はほんの少しで、あっというまに暗くなるから、荒野にいられるのは、太陽がしずみかけ、やがてバターみたいに空に溶けこんでしまうまでだ。寒くて暗い階段をおりて地下室に行き、しめってクモの巣だらけの暗闇からそりをひきずりあげて、ジェイミーとアフマドを電話で呼んだ。

ぼくが大きなオーバーを着て、厚い帽子をかぶり、明るい黄色の手袋をはめると、マックスが気に入らないなって顔をする。ジェイミーとアフマドは、キイキイいいながらぼくのほうに両手をのばしているマックスを見ている。**なあ、弟も連れてこうぜ**とアフマドがいった。何か月も前にマークさんが同じことをいったとき、頭が真っ白になるくらいカーッとなったけど、今度はそんな気持ちにならず、オッケーという。マックスに見せようとカードを持ってきたときも、アフマドやジェイミーにかくして、こそこそやったりしなかった。

マックスをそりに乗せて荒野までひっぱっていくと、もう大喜びで両手をぎゅっとにぎりしめ、にっこり笑っている。マックスが行くなら、ついてこなくちゃいけないのに、パパは自分は行かないから、そのつもりでという。でも、ちゃんとそこにいた。凍りついた切株にこしかけ、本をとりだして読むふりをしながら、太陽が溶ける前にマックスが溶けちゃわないかと見はっている。

マックスは炒ったマメみたいにはねまわり、走ったり、ワーッと声をあげたり、荒野のくねくねした雪道を転げ落ちたりしている。心配で、はずかしくて、顔が真っ赤になったけど、アフマドがいっしょになって走ったり、ワーッといったりするから、ジェイミーも、それからぼくもまねをして大声をあげ、頭のなかの雑音を吐きだした。みんな、いままでにないくらいワイルドで、荒っぽくて、野生にかえって、野生の森のなかの野生の子どもたちになる。底ぬけにさわいで、やかましい音をたて、むちゃくちゃはしゃぎまわっても、マックスは耳に指をつっこんだり、手をかんだり、雪の積もった地面にがんがん頭をぶつけたりしない。

そりに乗って、マックスを前にすわらせると、アフマドがぐいっとおしてくれ、ふたりで雪におおわれた斜面をいきおいよくくだっていき、そりのなめらかな銀色のエッジが、ぼくたちの下のばりばりした白い雪に完璧なラインを刻む。マックスはワーッと大声をあげながら、かじをとっているぼくの両手に自分の手を乗せ、下まで着くとふたりでやわらかい雪の上に転がり落ちた。ふたりで走って上までもどる。ぼくは信じられないくらい大きく口をあけて笑い、マックスといっしょに遊んでいる。切株にすわっているパパのほうを見ると、遠いのでフィギュアみたいに小さいけど、たしかに笑っている。

　ぼくたちの吐く息はミルク色の雲になり、ほっぺたをふくらませてプーッと煙のように吐いてみせると、マックスがケラケラ笑い、自分もやってみて両手で息をつかんでいる。それからマックスは、アフマドとジェイミーに両手を差しだした。手をつなぐのなんて赤ちゃんだけだから顔が真っ赤になったけど、ふたりはなんにもいわずにマックスの手をにぎってくれ、とたんにはずかしさが消えた。マックスには、もうつなぐ手が残っていないから、ぼくはジェイミーの手をにぎり、四人で手をつないだまま、そろって斜面をかけおりると、ほんのいっしゅんだけど、信じられないほどきらきらかがやく幸せな気持ちがぼくのなかではじける。

　うちに帰ってから、パパがみんなに、マックスにもホットチョコレートを作ってくれ、ジェイミーがさまそうと息を吹きかけているのを見て、マックスもフウフウまねをしている。それから、ミルクの入った茶色い表面に舌の先をちょっとつけ、本当にびっくりという顔をしたけど、溶けたりはしなかった。アフマドとジェイミーには、マックスがいままで一度もホットチョコレートを飲んだことがないとはいわなかったけど、パパはにっこりとマックスに笑いかけ、いい子だねと声と手の両方でいった。それからパパはぼくたちといっしょにテーブルをかこみ、ブラックジャックというトランプのゲームを教えてくれた。ぼくたちがボタンを賭けてゲームをしているあいだ、マックスは舌の先でホットチョコレートがさめたかどうかたしかめている。得意な算数とちょっとした幸運のおかげで、ぼくの虹色のボタンの山が、いちばん大きくなった。やがて、キッチンの窓から暗闇がしのびこんでくると、なにかをなくしてしまったという思いがまたおそってきて、心臓がぎゅっとしぼられてからっぽになった。

19　20　15　18　9　5　19

stories

物語

ママが死んでから六十九日たち、クリスマス休暇のあいだじゅうぼくの周囲をめぐっていた奇妙で、ワイルドで、かがやいていて、恐ろしい時間のあと、また学校に行く。発表会に向けての勉強は、まだつづいている。学校にもどって最初の授業もファミリーツリーのつづきだったから、体のなかがめらめらと燃えあがり、うちの家族は、ばらばらにひきさかれちゃったんだぞと、さけんで、さけんで、さけびたい。死んでしまったひとの名前の横に書く、小さな×印が頭に浮かび、ママの名前の横にその印を書くくらいなら、ぼくだって死んでやる。授業中ずっと宙を見つめ、ボールペンの先をノートのページにふれさせもしなかった。みんな、席についているのになんにもしないぼくをちらちら見ていたけど、涙をこらえるのにせいいっぱいで、ヘイヴァリング先生もぼくの席まで来て、ちゃんと勉強しなさいといったりしなかった。

　体育の時間の前に更衣室で着がえていると、ルーシーとメギーが廊下でこそこそ話しているのが聞こえた。ヘイヴァリング先生が、さぼっているぼくになんにもいわなかったのは、お母さんが死んじゃったからで、ぼくにはもうちゃんとした家族がいないのに家族について書かせるなんて、先生は**無神経**だ、って。熱い怒りのかたまりが、のどまでこみあげてきたのを飲みこみ、ポロシャツをかぶって、ぐいっとひっぱる。前の学期に、ジェイミーがいままでで最高の傑作だといったひいおじいちゃんの絵や、秋の学期の授業中に、ほんの細かいことまでていねいに書きこんで作りあげた家族の物語。それが全部こわれて百万個のかけらになってしまった。講堂に作ることになっている「家族の森」や、壁ぎわにならんだ、段ボールや紙粘土の木が目に浮かぶ。それぞれの枝からぶらさがっている、ふつうの家族の物語も。

運動靴をぐいっとひっぱってはいてから、からっぽになった教室にこっそりもどった。運動場には同じクラスの子が全員出ていて、体育着やサッカーボールのボーンという音であふれている。机の下に手をつっこみ、いままでに書きあげた家族の小さな本を全部ひっぱりだした。ママとパパの写真は見ないようにしながら、ゴミ箱のふたをあけ、鉛筆の削りかすや休み時間にもらったバナナの皮の下にぎゅっとおしこむ。

つぎの日、休み時間のベルが鳴ると、ヘイヴァリング先生に呼びとめられた。顔を見ずに先生の肩の向こうの窓ばかり見つめる。失礼だってことくらいわかっているけど、どうせ、毎日どうしているのとか、なにかできることがあるかしらとかきいてくるんだし、そしたら大声をあげてしまうのにきまっている。でも、先生はなにもいわなかった。かわりに自分のデスクの引き出しをあけた。赤いペンや、定規や、大事そうなことが書いてある開いたノートといっしょに、ぼくの家族の物語を書いた小さな本が全部入っている。一日分のゴミがつまったゴミ箱のなかから、どうやって見つけたかはきかなかった。ヘイヴァリング先生の顔を見ると、しばらくなにもいわないから、心臓がひっくりかえりそうになって、いままでやってきたことを捨てるなんて大変なことをしちゃったんだと思い、目が熱くなって、涙がこみあげてきた。

　でも、ヘイヴァリング先生は、大声でしかったりしなかった。調べて書いてきたものを捨てるとは、とんでもないともいわず、罰として学期の終わりまでゴミそうじをしなさいともいわない。そして、自分の娘のことを話しだした。

　ぼくの上に空が落ちてくる何か月も前に、ヘイヴァリング先生は自分のファミリーツリーをホワイトボードに書いたけど、先生と夫のリチャードさんの下には、息子のローリーさんの名前しか書かなかった。ローリーさんの横に枝を書かなかったのは、その女の子が生まれる前に死んだからだ。**死産だったんですよ**といったとき、先生の声はちょっとかすれた。名前はイザベルさんといい、ローリーさんの妹になる。生きていれば三十二歳になっていて、毎年の誕生日にはお墓にスノードロップの花束をおき、はじまることがなかった短い生涯のことを思うのだと、先生はいった。そのとき、先生が**どんなひとの生涯にも、わたしたちが想像するよ**

りもずっと長くて複雑な物語がかくれているんですよ、ちっちゃな赤ちゃんでもねといったことを思い出した。あれはイザベルさんのことだったんだ。

ヘイヴァリング先生は、自分のファミリーツリーにイザベルさんの名前を書かなかったのはまちがいだったと話し、なぜならイザベルさんの命は大切で、かけがえがなくて、これからもイザベルさんのことはだれも忘れない、夫のリチャードさんも、息子のローリーさんの妻や子どもたちも、という。みんな、イザベルさんといっしょに生きていき、イザベルさんがいないまま年をとっていくのだと。そして、ぼくの胸が十億個のかけらにこわれてしまっていても、ママと家族の話を書かなきゃいけないといった。

21　14　9　22　5　18　19　5

19　11　25　19　16　1　3　5

3　15　19　13　15　19

7　1　12　1　24　25　19　20　1　18　19

universe sky space cosmos galaxy stars

宇宙　大空　まわりの宇宙　果てしない宇宙　銀河　星

つぎの週末は、早起きした。ママのアトリエは、カビと、古くなったものと、本当にかすかだけど、胸をしめつけるなにかのにおいがした。ママが死んでからは、だれもここに上がっていない。前とはぜんぜんちがっていて、それでいて記憶にあったのとそっくり同じ感じがする。絵の具のチューブ、大きなテーブル、水差し、絵筆、鉛筆でなにかうすく書いてあるだけで、なにも描かれていないキャンバス。壁には、見たおぼえのない絵が重なって立てかけられている。いままでやったことがないくらいていねいに一枚ずつはなしていくと、完成はしてないけど、ぜったいにぼくたちのことを描いたとわかる絵があった。

　すわっているママのうしろにパパが立ち、両手をママのゆるやかに傾斜した肩においている。ママのひざにすわっている小さい男の子は、しまのティーシャツを着て、なにかをぎゅっとにぎっている。そして横には、巻き毛の少し大きな子が立っていて、ママと手をつなぎ、ママは、これ以上ないくらいそっと、美しく、くちびるのはしを上げ、そよ風のようにほほえみ、そんなキャンバスのママから、まぶしい光があふれている。まだ絵の具を塗っていないところもあるし、肌の色を塗っていない部分のキャンバスはどきっとするほど白いけど、そんなことはどうでもいい。

大きく息をしてすべてを吸いこむと、ママにふれているような気がした。ママのくちびるのやさしいカーブと、パパの目の下にそっと絵筆を走らせた疲れたようなくまと、マックスのやせたひざと、小さいころ持ってた赤いバイクを骨が浮きでるほどかたくにぎりながら、ママにしっかりくっつけているぼくのほっぺた。マックスが持っているものは、輪郭だけのスケッチで、ぼくのティーシャツも真っ白なまま、パパの両手は骨格だけがグレイの線で描いてある。マックスはなにをにぎっているのかなと思ったけど、輪郭と渦巻を見たら五年生のときに科学博物館で買ってきてあげたアンモナイトの化石だとわかった。

絵の具を塗っていない空間を目がぼおっとするくらい見つめていたら、見えてきたものがある。鉛筆で書いた数字がつながって暗号になり、なかには絵の具の下からのぞいたり渦を巻いたりしているものもあるし、真っ白なキャンバスにくっきりと顔を出しているものもある。ぼくが胸のなかにしまいこんでいる、渦を巻く思いや記憶を解きはなち、魔法めいたなにかに変える暗号だ。これは、ママが亡くなる前に、ぼくがこっそりかくしていた思いを書いていたキャンバスで、ママが死んでからは、もうここに来ることはできなかった。

ママが亡くなる前だって、何週間か来ていなかった。アトリエをかたづけるとママはいっていたけど、ぼくたちのためにこの絵を描いていたにちがいない。また絵を描きたいと思ったとき、ママは最初にぼくたちを描こうときめたんだ。目のふちに涙がにじんでくる。ママは絵を完成させることができなかったし、ぼくたち家族も二度と完全にはなれない。鉛筆をにぎり、ふるえる手で、赤いファミリーツリーのノートのうしろに書いておいた暗号を全部、できるだけそっとキャンバスに書いた。

　絵を階段からおろしていると、朝霧を通して日光がそっとさしこんできた。息をつめて持ちあげ、手すりや壁にぶつからないように運んでいき、玄関のテーブルの上に立てかける。

　それから、パパの特別なポットでコーヒーをいれた。コーヒーの粉の上にお湯を入れてぎゅっとおすポットで、おそく起きた日曜日の朝、パパがこれでコーヒーをいれると、おいしそうな香りが家いっぱいに広がる。いつだったか飲ませてってねだったら、まずいったらないのにびっくりして、がっかりした。豊かというか深いというか、とってもおとなっぽい香りなのに、苦くて、口のなかは吐き気がするときみたいになった。ママはすごくおもしろがって、だけど、フランクの顔のほうがずっとおもしろいといい、写真をとるからもう一度飲んでみてとたのんできた。暖炉の上にかざってある写真のぼくは、目をぎゅっと閉じ、舌をつきだしていて、いまにもゲーッという声が聞こえてきそうだ。

熱湯をコーヒーの粉の上に少しずつていねいに注いでから、ポットごととなりの家に持っていく。絵をとりにもどるあいだ、ポットはドアの前においておかなきゃ。絵は、マークさんの家の戸口をまるまるふさぐくらい大きい。それからベルを鳴らした。

1 18 20

art

芸術

ドアをあけたマークさんは、パジャマの上にガウンをはおり、片方（かたほう）のほっぺたにしわがよっている。朝早く来すぎてしまった。うしろを向いて、うちに走ってもどろうと思ったけど、マークさんはぼくを見るとにっこりして、**おやおや、コーヒーを持ってきてくれたんだね**といった。

　マークさんは絵を持ちあげて家に入ると、そおっとソファに立てかけた。それから、ジーンズとセーターに着がえてきてキッチンテーブルにつくと、あのときの白いマグカップふたつにコーヒーをつぐ。青い光とサイレンの音でいっぱいだった、恐（おそ）ろしい午後の光景をまばたきしてふりはらってからコーヒーのにおいをかいでみたけど、飲んだりしない。ぼくはコーヒーを飲むには若（わか）すぎるし、まして楽しんで味わうなんてできない、自分も飲めるようになるまで何年もかかったとマークさんはいう。それからピッチャーを持ってきて、ぼくには、牛乳（ぎゅうにゅう）と、茶色い砂糖（さとう）の大きなかたまりを二個（こ）も入れてくれたから、とてもいい味になった。

それから、もうマークさんは知ってるにきまっているけど、ママのことを話した。ママが、すっごくいやなものや、すっごくつまらないものや、すっごくみにくいものも美しいものに変えることができたってこと。いつもシャツから絵の具のにおいがしていて、うちの空気も色の味がしてたこと。屋根裏のアトリエのこと、マックスが生まれたこと、閉まったドアとほこりだらけになった階段と空気から絵の具のにおいが消えたことも。それから、スーパーマーケットでマックスが悲鳴をあげたこと、ノアがいったこと、ヘイヴァリング先生の娘のイザベルさんのことや、ひとりひとりの家族の物語を書かなきゃいけないことも。最後に、ぼくがやろうと思っていることをマークさんに打ちあけた。

　マークさんは牛乳も砂糖も入れないのに、コーヒーをかきまわしている。ひと口すすったけど、ぼくみたいに顔をしかめない。それから、わかったといった。

　少しずつでもすぐにとりかかりたいと思っていたのに、マークさんは絵の具のちゃんとした使い方を知らないと失敗するという。**ポスターを描くのとはちがうんだからね、最初にやり方を学ばなきゃ。**で、マークさんが教えてくれることになった。光の具合が完璧な、上の部屋まで連れてってくれる。マークさんのアトリエだ。家のほかのところとは、まるっきりちがう。白も、グレイも、近くで息をしただけでこわれそうな、曲がりくねった金属のアート作品もない。ちっちゃなデスクにぴかぴかのコンピューターがのっていて、マークさんはここでデザインの仕事をしているという。でも、ぼくの目をうばったのは、それじゃない。ものすごく大きなテーブルの上に、水を半分入れた水差しや、ねじれた絵の具のチューブが何百個(こ)ものっていて、いろんな大きさの絵筆を花みたいにさした缶(かん)もある。絵筆を画面いっぱいにさあっと走らせた大きなキャンバスもあれば、絵筆をためらいがちに入れただけの小さなキャンバスもある。

ポケットから紙切れをとりだして、テーブルの上においた。**こんなふうにしたいんだけど**というと、マークさんはまた、なんにもいわずにうなずいた。

それから、絵の具をまぜてみせてくれ、どうやったらすきな色を出せるか、まねしてごらんという。やってみると、思ったよりむずかしい。ぼくの計画は世界一だと思ってたのは、まちがいだったのかも。絵の具の名前はすごく変わっているけど、とっくに知っていた名前のような気もして、口に出していってみた。**カドミ……ウームグリーン、イエロー……オーカー、アリ……ザリン……クリムソン、ウルトラマリーン……**。

マークさんは、自分と同じ色にならなくても、ぼくが気にいってるならその色でいいという。すきな色にまざったら、どの絵の具をどれだけ使ったか紙に書いてごらんといい、すぐに何枚(まい)もの紙切れがやわらかいグレイの鉛筆(えんぴつ)で書いたメモでいっぱいになった。

つぎにマークさんは、ハガキくらいの大きさのキャンバスをわたしてくれた。どこに絵の具を塗(ぬ)り、どこの線のなかを塗ればいいかわかるようにスケッチするやり方を見せてくれる。これは練習なので、ぼくはニールをスケッチして、それからふたりでニールの毛の色をまぜて出すグレイと黒と白の絵の具を探した。マークさんが絵筆で塗るのを助けてくれ、絵の具で描いたニールの毛はどんどん本物そっくりになり、キャンバスからごわごわした毛の手ざわりが立ちあがってくるようだ。

つぎの計画は、もっとむずかしい。

うちに帰って、マックスを連れてこなきゃいけない。

マックスはもう起きていて、宇宙パンツのままポテトチップスを食べていたから、信じられない速さで着がえさせる。パパはソファにすわって、なにも映っていないテレビをじっと見つめているだけで、ぼくたちがまわりを走りまわったり、ぼくがズボンを手にマックスを追いかけたりしているのも気がついていないみたいだ。

マックスはマークさんがだいすきで、ニールのこともだいすきだけど、となりの家を示すカードは持っていない。もしニールのカードを見せたら、散歩に行くと思うだろう。コンピューターを立ちあげ、「となりの家」をクリックしていったら、家が二軒ならんでいて、片方を矢印で指しているぴったりの絵がでてきたけど、役に立つかな。プリンターがガタガタいいながら絵を吐いてきたので、マックスに見せる。小鳥の雛がなあに？　と思ってるみたいに首をかしげるから、手をとって玄関に連れていこうとすると、すぐに体をかたくして、カラスみたいに両手をパタパタしはじめた。で、口を大きくあけて悲鳴をあげ、床に水たまりみたいに溶けてしまう。

となりへ行き、マークさんに**ぜーんぜん、だめ**っていった。マークさんは、マックスそっくりに首をかしげて考えてから、**マックスが山に来ないなら、山がマックスのところに行けばいいよ**という。なんのことだろうと思っていると、マークさんが大きなバッグをいくつか出してきて、絵の道具をつめこみはじめたので、やっとわかった。

うちにもどって、マックスにこれからなにをするか説明した。マックスは、まっすぐにぼくを見ていて、なにかきれいな液体がたまっているみたいな黒い瞳が、話してきかせているにつれて濃くなっていく。ぼくのほうにひきよせたかったけど、そしたらさけびだすのがわかっているから、そのまま話しつづけていたら、マックスはうなずいて、小さな両手をパタパタさせたけど、ほんとにそっとだから、わくわくしているんだと気がついた。それからいっしょにママのアトリエにのぼっていった。

まず、ふたりでスケッチする。マークさんは絵の具をまぜたり、絵筆を選んだり、絵の具がかたまってついてしまった絵筆を洗ったりするのを手伝ってくれた。マックスとぼくは、いろんな惑星と宇宙の輪郭を描き、渦巻きながらシャワーみたいにふってくるたくさんの彗星や、宇宙の奥深くひそんでいるかもしれない弓形の光線や、針で刺したような星のかずかずを描く。

マークさんが運んできてくれたママの大きなキャンバスの上にマックスは腹ばいになり、舌をつきだして集中している。マックスがこんなにじっとしているのを見るのは、はじめてだ。

ふたりで、キャンバスをうめていく。

色や、光や、空間や、模様や、いろんな色や模様のよせあつめでうめていく。

はじめは、おっかなびっくりで、ちょっと点を描いたり、絵の具をたらしたりしていたけど、だんだん力強く、だいたんにあいているところをうめていった。ぼくが書いた暗号も絵の具でかくしたけど、そこにあるのはわかってるし、あのときもいまもキャンバスの上にぬくぬくとおさまっている。

ぼくたちの果てしない宇宙、ぼくたちの銀河、ぼくたちをとりかこむ宇宙、ぼくたちの世界を、パシャッ、ポツポツ、スーッ、サーッと絵の具でうめていく。ママと送りあった秘密のモールス信号の「・」と「―」も銀河の渦巻のなかにかくした。明るい色、深い色、暗い色、にぶい色、まぶしい色を作っては塗っていくうちに、キャンバスいっぱいにぼくたちが作った宇宙が広がる。いままでに見たことのないくらい美しく、マークさんが持ちあげて見せてくれると、ぼくたちふたりは宇宙の奥底にしずんでいった。

ほかのどこにもない

ごちゃまぜで

ぼくたちが思ったとおりの世界
下におりると、パパはまだソファにすわって、なにも映っていないテレビを見ていた。マークさんが、見せたいものがあるというと、パパは顔を上げ、マークさんがいるのでびっくりしている。今日、マークさんはパパに三度もお茶をいれ、マックスは自分が見ているからといってくれてたのに。

マックスとぼくがパパの両手をつかむと、かわいた、紙のような手だったけど、ふたりでソファからひっぱりあげて、上へ連れていく。でも、いちばん上のアトリエに通じるらせん階段の前でパパは立ちどまってしまい、目の前にガラスの板があるみたいに、先に進めない。すると、マックスがうれしそうに大声をあげてガラスをやぶり、みんなで階段をのぼった。

マークさんは、ぼくたちの絵を大きなテーブルのひとつにのせ、壁に立てかけておいてくれた。アトリエはもう暗くなっていたけど、その絵はぼくたちそのもので、薄闇のなかでかがやいている。**ぼくたちが描いたんだよ**とパパにいった。**ふたりでいっしょに描いたんだ。ママのために。**

ぼくたちは、ママの世界だけじゃなかったものな、ぼくたちのいる宇宙で、星で、大空で、銀河で、果てしない宇宙だったんだものな。パパはそういってから、両手でマックスとぼくをひきよせてだき、長いこと放そうとせず、泣いているのがわかったけれどこわくはない。ぼくたちは、ママのキャンバスのからっぽだったところを、果てしない宇宙でうめつくした。マックスとぼくのふたりで。

5 12 5 22 5 14

eleven

11 歳

ママが死んでから百十九日たち、クリスマスの日よりもっとつらい気持ちになった。庭の土をおしあげて、クロッカスがいくつも黄色い頭をのぞかせているから。ぼくが生まれたときに、ママが球根を植えてくれた。クロッカスは、ぼくの誕生日の花だ。今日、部屋のダイヤル錠をカチッとかけたら、2302の暗号が正解という。二月二十三日。今日、ぼくは十一歳になった。

11、生まれてからいままでで最高の歳のはずだ。左から読んでも、右から読んでも同じ歳になったことはない。だけど、ちっとも最高な気分になれないし、ママがいないから、いつもの誕生日みたいにうれしさがふつふつとわいてきて、おなかで火花を散らしたりしない。いつだってママはだいすきなシナモンビスケットや、だいすきなチョコレートケーキを焼いてくれ、たくさんの風船を、頭にぶつかってマックスが悲鳴をあげたりしない高さに天井から下げてくれた。いつだってケーキは朝に食べて、ろうそくを吹き消すときに、目をぎゅっとつぶってお願いを心のなかでいった。本当になりますようにと願っていたバカみたいなことを思い出すと、顔が赤くなる。今日から、ぼくにとってまっさらの新しい年がはじまり、そのまっさらの年にはママがいないから、ママを落っことしておきざりにしてきたみたいな気持ちになる。

階段をおりていくと、サラサラと変な音が聞こえるから、マックスがまたプリンターの紙をひきだして、雪にしているのかも。でも、キッチンに入るとパパがテーブルの向こうから色とりどりの紙テープを投げてきて、Mおばあちゃんもいて、おばあちゃんはパーティー用の三角帽子をかぶっている。マックスは紙テープを両手いっぱいにつかんで、いちばんいいと思う場所におこうとしているけど、いい場所というのはキッチンじゅうってことだ。テーブルの上には紙テープといっしょにチョコレートケーキがのっている。ちょっとぐらぐらしていて、上にいくつもかざったボタンみたいなチョコレートがずりおちそうだけど、ぼくのだいすきなケーキだ。

パパとMおばあちゃんが、マックスがさけばないように小声でハッピーバースデーをうたってくれ、最後にマックスが手話で**ハッピー**といってくれたから、ゆっくりと集めてきている言葉にみんなワーイと喜んだ。ママの、シナモンシュガーの香りがする、骨がきしむほどのハグが恋しかったけど、ぐっと飲みこむと、Mおばあちゃんが学校に持っていくようにとキャンディをわたしてくれた。

学校に行くと、ジェイミーが新しいサッカーボールをプレゼントしてくれ、アフマドは紙でくるんだ箱をわたしてきて、うちに着くまでぜったいにあけるなと念をおしてから、これはアフマドと、お母さんとお父さんと、兄弟みんなからの贈り物だという。ちょっとゆすったらカタカタ音がするけど、なにが入ってるのかぜんぜんわからない。誕生日プレゼント用の包み紙をあけて、なかを見たくてたまらなくなった。

休み時間には、誕生日のぼくがサッカーのキャプテンになり、新しいボールで四つのゴールをきめ、ピッチをむちゃくちゃに走りまわったから、みんなが魔法のサッカー足を持ってるってはやしたてた。

うちに帰ると、しましまのストローをさしたびん入りのレモネードと、ちっちゃなケーキで誕生日のお茶がはじまった。ケーキには、シュガーペーストという粉で作ったサッカーボールが、ひとつずつ乗っている。マックスはケーキのひとつをすばやく舌の先でなめた。Mおばあちゃんはスパイが出てくる本と、新しいサッカーシューズをプレゼントしてくれ、アンジェリークさんがくれた、ワイルドな未開の荒野を探検するための懐中電灯もある。アンジェリークさんのお母さんは、指で動かす、ちっちゃなスケートボードを贈ってくれ、マックスにまでプレゼントをくれた。それはプラスチックでできた面白い望遠鏡みたいなもので、ふってなかをのぞくたびに千個もの色の、前とはちがう模様が見える。マックスはじっとのぞきこみ、いろんな形が落ちたり、溶けたり、ねじれたりして新しい形になるのを見ている。いままでで最高のプレゼントだ。

マークさんがやってきて、宇宙のことを書いた大きな厚い本を二冊も贈ってくれた。いよいよアフマドのプレゼントをあけようとしたら、パパが**ちょっと待て**といって部屋から出ていく。もどってきたパパは大きな箱をかかえている。うまく包めていないので、誕生日の包み紙がたたかいから帰ってきたみたいにくしゃくしゃだったけど、そんなことはかまわずにバリバリとあける。いっしゅん、自分がなにを見ているのか脳が追いつけず、気がついたら大声をあげていて、マックスはとびあがったけど、溶けたりしなかった。

新品の、ぴかぴかのコンピューター。ぼくだけのコンピューターだ。

パパがぼくのところに来て、ちょっときまりが悪そうにもじもじしてからいう。**いつもいってただろ。コンピューターのコードっていうのを教えてあげるって。どうだい？** コードというのは、暗号のことだ。ちっちゃいころからずっとお願いしていて、パパも何度も教えてくれるっていっていた。もう、うれしくてわくわくして、それといっしょに、いつも胸の真ん中にひそんでいる悲しさみたいなものもうずうずしてくる。なにか幸せなことが起きるたびに、花のようにふわっと開く、古い傷あとみたいに。

それから、アフマドのうちから贈られたプレゼントをあけると、ぴかぴかの青い箱のなかに本物のロボットが入っている。パパが、アフマドのお母さんと相談したにちがいない。このロボットは、コンピューターのコードを使うと、おどったり、くるっとまわったり、走ったり、おしゃべりしたりする。もう、待ちきれなくて、指の先までわくわくがびびっと走って、胸のなかの傷あとがうすくなった。ほんのちょっぴりだけど。

23　9　12　4

wild

ワイルドな

つぎの日、ワイルドな荒野で誕生日パーティーをした。Mおばあちゃんが木に風船を結びつけ、ぼくたちが枝にクリスマスツリーのライトをつけると、荒野にたちまち魔法がかかった。まだ二月で空気が凍っているけど、バーベキューをする。野生の少年版のハンバーガーやら、ソーセージやらを食べ、ウサギを食べているつもりになるってわけだ。

ジェイミーとアフマドが家族といっしょに来てくれたから、そこらじゅう子どもでいっぱいだ。アンジェリークさんも来て、マークさんはニールを連れてきた。ニールはバーベキューのそばにおとなしくすわって、ソーセージを待っている。ぼくたちは、走ったり、ワーッと大声をあげたり、一本綱のブランコでサーッと空中を飛んだりした。顔に泥で模様を描いたぼくは、また、ちょっぴりだけど野生の少年フランクに変わる。それから、オークの木のそばの静かな場所で、アフマドとジェイミーとぼくは自分の数字を土の上に書き、永遠に、そして永遠のずっと先まで友だちでいようと誓った。

マックスはパパの横に立ち、いっぽうの目で燃えている木を、もういっぽうの目でブルドッグをして走ったりはねたりしながらかけぬけていくぼくたちのかすむ手足をながめている。アンジェリークさんが何か月か前に持ってきてくれた大きなイヤホンをつけているから、うるさい音で溶けたりしない。マックスが自分で、両手で耳をふさぐかわりにイヤホンでもオーケーってきめた。それでも、もぞもぞと心配そうなようすをしていて、一時間もたつと指でくちびるをひっぱったり、手のひらをかんだりしはじめたので、溶けて水たまりになる前にアンジェリークさんがうちに連れてかえって、夕食を食べさせてくれることになった。

石で円を作って火を焚き、手をかざして温めていると、星がかがやきだし、昼間が消えていく。Mおばあちゃんが提灯のなかに小さなろうそくをともし、その明かりでぼくたちの影ぼうしがぬーっと立ちあがったり、ゆらゆらゆれたりする。影絵を作ってみようとしたけど、動物にしようとすると、どれも手足がどっさりある怪物になった。パパが巨大なバースデーケーキを運んできてくれる。立っている銀色のろうそくは十二本で、一本は幸運を祈るためのものだ。みんなでハッピーバースデーをうたったけど、ひとりの声だけ欠けている。ぼくにお願いをいいなさいとだれもいわなかったので、ほっとした。

ぼくは十一歳になり、ちょっとだけ野生の少年にもどり、一歳だけ年をとって、百二十日だけママとはなれてしまった。

つぎの日、マークさんとニールとマックスがテレビを見ているあいだに、ぼくのロボットをおどらせることができる数字でできた新しい言葉を、パパが教えてくれた。それは夕暮れの光に包まれた荒野より、もっと魔法に満ちていた。

23 9 12 4 20 8 9 14 7

wild thing

かいじゅう

ママが死んでから、百二十二日たった。マックスの学校から手紙がとどいている。ただの手紙じゃなく、劇の発表会の招待状で、**教育的**とか、**才能伸長**とか、**自己表現**とかいうむずかしい言葉がならんでいるから、パパになんのことかきいてみた。**自分がなにものか、なにをどう感じているかを、ほかのひとたちに知らせるために表現することだよ**とパパはいったけど、さっぱりわけがわからない。だって、マックスはいつも、自分が喜んでいるのか、悲しいのか、怒っているのか、ちゃんと教えてくれるじゃないか。マックスが喜んでいるときは、ほんとに喜んでいて、ぜったいウソなんかじゃない。体じゅうが喜びの火花できらきらかがやき、全身でうれしいといっている。マックスが溶けるときは、体のすべての粒が燃えあがるような熱い、こわばった怒りを感じていて、ほかの感情が入るすきまなんかない。だれかのつもりになって劇をしたら、マックスがマックス自身でいられるようになるなんて、どういうことだよ。

それにしてもマックスの学校は、どうして劇をやるってきめたのかな。だって、台詞をおぼえなきゃいけないし、それをいわなきゃいけないし、着たことのない衣装を着なきゃいけない。今はちゃんと星のついた学校のティーシャツを着ているけど、マックスができないことばかりじゃないか。パパは、**劇というものはいつも、劇自身がこうなりたいって思ってるようになれるものなんだ**なんていう。ぼくにはなんのことやらさっぱりわからないけど、宇宙船みたいな学校を見たいから行くことにした。

マックスは、劇でやることになっている絵本を学校から持ってかえってきた。それは、マックスの新しい、いちばんすきな本だからほっとした。前にすきだった『あかちゃんのカタログ』はぼくがやぶいてしまい、同じ絵本を買ってきたけど、マックスにとっては、まったくちがう本だったから。新しいお気に入りは『かいじゅうたちのいるところ』という絵本で、クラスのほかの子たちはワイルドなかいじゅう（『かいじゅうたちのいるところ』の原題は「ワイルドなものたちのいるところ」）の役だけど、マックスは主人公のマックスをやるんだって。絵本の絵を宙でなぞったマックスは、つぎに自分の名前もなぞり、**マックス**と指で書いた。

六日後のアフマドの誕生日の晩、春の気配はするけれど、ふるえるほど寒い庭のインクのような闇に、マックスは手持ち花火で自分の名前の頭文字のＭを、よろよろの字で焼きつけ、パパが泣いた。アフマドのお母さんも泣いた。ジェイミーと、アフマドと、ぼくは、ワァイ！

と大声をあげ、その声が空にこだました。

絵本のマックスは、オオカミの着ぐるみをきて船に乗ると、ワイルドなかいじゅうたちのいる島へ行く。かいじゅうたちはみんな恐ろしくて美しく、へんてこで親切で、絵本のマックスはちょっとばかりかいじゅうで、ちょっとばかり男の子みたいだ。はじめての島にやってきたマックスは、絵本によると世界のはるか向こうにうちがあり、かいじゅうたちと遊んでから、うちに帰って、だいすきなだれかさんと会いたくなる。本物のマックスもこうなるときがあるなあと思いながらページをめくったり、もとにもどって読みかえしたりしているうちに、絵本のマックスとこの世界の男の子マックスが、どんどん重なってきた。

Mおばあちゃんが、この世界のマックスに、絵本のマックスが着ているオオカミの着ぐるみを作ってくれた。絵本と同じように本物のオオカミそっくりで、ふわふわしたしっぽと、かぎ爪がついた手と、とんがった耳がついていて、マックスは着ぐるみを見ると宙に着ぐるみの絵を描き、おばあちゃんに手伝ってもらって着たときも、着ぐるみのページを千回も読んで、字を指でなぞっていたから大声をあげたりしなかった。なんだか犬のニールそっくりで、絵本のマックスにもそっくりで、本物のマックスにもそっくりで、かぎ爪を鳴らしながらキッチンをはねまわっている。ベッドに入ってもぬごうとはせず、森のような部屋で寝ているときも片手でしっぽをぎゅっとにぎっていたから、ぐっすり寝ているあいだにオオカミのフードをかぶった頭には、髪の毛が汗でべっとりとはりついてしまった。

　つぎの朝、マックスを見たとたん、オオカミみたいに吠えてみた。マックスは気に入ったらしく、また吠えるまでぼくの手をひっぱり、オオカミの着ぐるみのなかから、男の子の目でぼくをじっと見つめ、それから自分も吠える。いつものマックスっぽい声だけど、ぼくと同じ声を出すなんて、はじめてだ。

　アンジェリークさんがやってきたときも、まだマックスはオオカミのままで、自分の絵本を見せた。前にも見せていたけど、今日は自分が絵本のマックスになっているので見せたんだ。アンジェリークさんは、そのことをとっても喜んで、キッチンでぼくたちに吠えさせ、自分もいっしょになって吠えたから、うれしくて、おなかが風船みたいにはちきれそうになるまで笑った。するとマックスが、アンジェリークさんに絵本を読んでくれとプラスチックのカードを二枚重ねてわたす。一枚には**ください**と書いてあり、もう一枚には本の絵が描いてあった。

2 5 19 20 15 6 1 12 12

best of all

最高

ママが死んでから、百四十三日たった。マックスの学校は、午前中に劇の発表会をやることになっている。学校が終わったあとに残るのは、いつもとちがうので、子どもたちがいやがるからだ。それじゃあ、ぼくは行けないなと思っていたら、パパがウルヴァートン小学校に電話して、ヘイヴァリング先生に、**勉強のために連れていくところがありますので**といってくれた。だけど、どこに行くのかはいわなかった。マックスも来てもらいたがってるってパパがいうから、びっくりしたけど、顔には出さなくても、すごくうれしい。

Mおばあちゃんとマークさんとアンジェリークさんもいっしょに行くことになり、マークさんがボタンをおすだけで屋根が開いたり閉じたりする車で連れてってくれる。何度もボタンをおしたら、パパにやめなさいといわれたけど、マークさんは笑い声をあげて、自分もこの車を買ったときは同じことをしたという。マークさんは、ぜったいに行きたい、マックスがはじめてちゃんとした劇に出るところを見たいといっていたし、マックスもマークさんに来てもらいたいのにきまっている。なんといってもマークさんは、マックスの大事なひとのひとりだから。

宇宙船の学校は、白づくめだ。みがきあげられた清潔な壁は、まるっきりからっぽで、白、白、白。なんにもない白さのなかで、星のティーシャツを着て、にぎると光るボールを持ち、きらっと光る靴をはいて、色の変わる風車を手にとびはねるマックスの姿が、からっぽのなかにきらきらと目に浮かんだ。ウルヴァートン小学校は、一年生がクレヨンでくねくね描いた絵や、上級生の水彩画がびっしりとかざってある廊下を通って教室に行く。真っ白な廊下を、日光を浴びたみたいに目を細めて歩いていくと、あの暗い部屋を見つけた。ずっと前に見た写真の部屋で、明かりがくるくるとまわり、あぶくの入ったプラスチックのチューブがいくつも天井までのびていて、学校じゅうの色が樋をとおってこの部屋に流れこんでいるみたいだ。

鏡の壁に虹の七色がはねかえり、すみにおいてあるランプが放つ油の粒みたいな影が天井に映って、色ガラスのボールが楽しそうにまわっているのを、じっと、じっと、じっと見つめてしまう。ブライトンの桟橋の遊園地のように魔法がかかっているみたいで、ドアから外の白さが流れこんでいるせいか、ますますきれいに見える。パパに**いそいで、フランク**といわれたから、きらきらの光から目をはなした。**いそげや、いそげ、ほうら、ぴょんぴょこぴょん**とパパはママがいってたのとそっくりにいい、みんなで講堂へ、マックスのところへ行った。

広くて、真っ白い講堂に入り、プラスチックのなんだかこわれそうな椅子にすわると、ちょっと動くたびにぐらぐらして、転んで腕を折ったときのことを思い出した。ぼくの腕はきちんともとどおりにくっついたけど、先週、サムはジャングルジムからとびおりて、また腕を折ってしまい、お医者さんに前ほどじょうぶな骨ではないっていわれたというから、あぶなっかしい椅子の上で、銅像みたいにじっとしていた。

劇はふたつ見ることになっていて、どれもウルヴァートン小学校の劇とは、まるっきりちがっていた。はじめはマックスとちがうクラスの『きょうは みんなで クマがりだ』という絵本の劇で、子どもたちがクマや、木や、人間のかっこうで出てきた。ウルヴァートンのぼくのクラスは子どもが三十人いるけど、そのクラスは七人で、おとなも五人、衣装をつけている。ヘイヴァリング先生が劇に出てきたらどんなふうかなって思ったけど、すっごく変だからちっとも目に浮かんでこない。

子どもたちはのそのそ舞台に上がると、紙で作った草原をカサカサ、カサカサカサ歩きだした。キュウキュウ鳴る、ぴかぴかの長靴で、綿を茶色く染めた泥をペタペタ、ペタペタふんでいく。みんなマックスより年上だけど、やっぱり手をパタパタさせたり、小さな舞台の上ではねたりしていて、なかにはずっと先生の手をにぎっている子もいる。木になった子の何人かは、舞台のうしろの真っ白な壁に背中をぴったりくっつけて枝の手を下げ、顔を横にむけて目をぎゅっとつぶっているけど、本当はこっそり舞台の上のクマがりを見ている。
先生が絵本を読みあげるからセリフはないけれど、物語はもちろんあって、別の先生がピアノをひき、大きな、まるいボタンのついた音を出す機械を持っているクマが、ときどきボタンをおす。いいタイミングでおすときもあれば、ちがうときもあるけどだいじょうぶ。長靴にふまれたぬかるみがペタペタペタ、草がシュッ、シュッ、シュッと鳴っていると、びっくりしたことに本物の水が舞台に登場してきて、赤い髪のちっちゃな男の子がスプレーで川にピシャピシャ波を立てはじめた。ぼくたちの上に雨がふりそそぎ、みんな拍手したけど、クマや木が悲鳴をあげないように、ほんの小さな拍手だ。

　いよいよマックスの劇の番になった。音を出さなくても、マックスは自分だけで物語を語れるからセリフはない。マックスが登場すると、ぼくは、こわれそうな椅子や、真っ白な壁や、みじめな思いや、ママのことをすっかり忘れて、舞台に目をこらした。ふわふわしたオオカミの着ぐるみを着ているマックス。絵の具の指紋がべたべたついた、ボール紙のボートをかかえて歩いてくるマックス。ボートに書いてあるのは、自分でアルファベットを指でたどった末に見つけた暗号、よろよろしたＭＡＸのサインだ。オオカミみたいにとびはね、かぎ爪をカチカチ鳴らしているマックス。顔の地図の上にどこまでもつづくかがやくような笑みを浮かべてるマックス。かぎ爪の手で先生の手をぎゅっとにぎり、それから手を放して、自由に走りまわるマックス。舞台の上の、たったひとりのオオカミっ子マックスは、自分の世界でワイルドなかいじゅうたちを探しまわり、嵐の海に船出して、目に見えない星空の下で、めちゃくちゃなかいじゅうダンスをしているうちに、自分をいちばん愛してくれるひとのところへ帰りたくなる。そこのところで、マックスはさっとおじぎをするなり舞台からとびおりると、ぼくたちみんなをぎゅっとだきしめた。

　また舞台によじのぼったマックスは、自分のボートに乗ってうちにもどることにしたけど、かいじゅうたちは吠えたり、かぎ爪をむきだしたり、歯をむきだしたりして、そのうちの一ぴきはずっと舞台に寝そべっていて、どうやら本当に眠ってしまったらしく、ぼくたちみんなが大拍手しているうちに、劇は終わった。

　教頭先生が舞台に立ったけど、ウルヴァートン小学校のオーウェン教頭先生とちがって話が長くない。ジーンズに、ちっちゃな白いてんてんがついた明るいグリーンのセーターを着ていて、目を細めて見たら、てんてんはネコだった。それから、自分はケイトという名前で、みなさんが学校に来て、このように**すばらしい劇**を見てくれて、本当にありがとうといった。ウルヴァートンの先生はジーンズをはくのを禁じられてるから驚いたし、自分のことをケイトといったのには、もっとびっくりした。ウルヴァートンの子はみんな知っているけど、先生たちは苗字だけ子どもたちに知らせて、名前は必死にかくしている。それからケイト先生が、なかでもマックスの演技が楽しかったし、特に**即興の演技**がすばらしかったというと、みんながちょっと笑い声をあげたので、ぼくたちはぐらぐらする椅子の上でしゃきっと背筋をのばし、マックスのことが誇らしくて、うれしくてたまらなくなった。

ケイト先生が、教室に行って、役者さんたちといっしょにジュースやビスケットを召しあがってくださいといったから、**役者さんたち**なんておかしいのって思ったけど、でも、そのとおりだとも思った。それから、真っ白にかすむ廊下をもどっていく。壁も天井も真っ白だから、境目がない。

マックスの教室も真っ白だけど、なかにいる子どもたちは、色と、動きと、音とで、花火みたいにはじけている。ジャンプしたり、はねたり、くるくるまわったり、パタパタしたり、とびあがったりしながら声をあげて、キイキイいったり、うなったり、キンキン声を出したり、うたったりしている。子どもたちのひとりは、先生といっしょにジュースを作り、マックスより小さい男の子が、ビスケットをのせたプラスチックのおぼんを落とさないように注意しながら両手で持って歩いている。その子は、水平に持つのにいっしょけんめいで舌をつきだしているから、お客さまにビスケットをすすめるのをしょっちゅう忘れてしまう。お客さまって、ぼくたちのことだ。やっとジャムをはさんだビスケットをもらえたので、ありがとうといってから、気がついて手話でお礼をいうと、その子はすごくうれしがってぴょんぴょんはねるから、ぼくは落ちてくるビスケットをキャッチした。

マックスの担任はジョージアさんといい、マックスはジョージア先生がだいすきだ。マックスはぼくたちに気がつかずに、ジョージアさんのまわりで細っこい手をパタパタさせ、チーズを差しだされたニールみたいに大きな目で見上げている。ジョージア先生が**アンジェリークさんと、おばあちゃんと、パパとフランクが来てくれたわよ**といってから、マークさんのほうを見ると、マックスは片手をあげて、手話でマークさんはぼくたちの友だちだという。そのとおり正解だ。するとマックスはよろよろと回転しながら、ビスケットを食べてるぼくや、指で花火を描いた絵を感心して見ているマークさんとアンジェリークさんや、Mおばあちゃんや、オレンジジュースの入ったプラスチックのコップを持っているパパを見た。

とたんにマックスは、くしゃくしゃのたよりない顔になり、つかまえどころがなくなって、ふつふつと泡立ってきた。いま、マックスは劇のなかじゃなく教室にいて、うちにいなきゃいけないぼくたちが学校にいるから、いつもとちがう、まちがっていると思ってるんだ。下げている小さな手がパタパタしはじめ、ビーッ、ビーッ、ビーッと警戒音のような声を出しはじめる。するとジョージア先生が、がくっと下がったマックスの肩に手をおいてぎゅっとにぎり、しっかりとおしさげた。ちょっと力が強すぎるから、やせっぽちの体が曲がってたおれちゃうかもって心配していたら、肩をにぎられているマックスは背筋をしゃんとのばし、ジョージアさんが静かにうたいはじめた。

ちがうよね
いつもと変わってるよね
ほんとに　変だよね
でも、こわがらなくていいよ
勇気を出して
そう　勇気を出して
勇気を出して

ほんとに小さな声だから、ぼくはうつむいて耳をすまし、いつのまにか歌にあわせてハミングしていた。だって、みんなが知っているメロディだから。でも、どうしてぼくが知ってるのかは、わからない。

そして、マックスは、すっかり落ちついた。

16 18 15 21 4

proud

じまんの

　マックスの劇のあと、そしてマックスが溶けなかったあと、学校に行かなきゃいけなかった。廊下や壁は、ごちゃごちゃで、めちゃくちゃで、ぼくの学校だなって感じがする。チューダー王朝の歴史を勉強している教室にのろのろ入っていくと、四分後に昼休みのベルがブルルルピンピン、机のふたがバタンバタン、足音がドタドタさわぎだした。まるで音楽みたいだ。ヘイヴァリング先生に走らないで歩きなさいと大声でいわれたけど、ぼくたちはぜんぜん聞いていないで、食堂に六年生が入る順番が来るまで、運動場に散らばっていく。サッカーのチーム分けがはじまり、サムが審判はぼくだと大声でいう。骨折した子が審判になるのは公式のルールになっていて、といってもルールに当てはまったのは、いまのところサムとぼくだけだから、そんなに大声を出さなくてもいいけど、サムは大声を出すのがすきなんだ。

　ぼくたちは円陣を組んで、作戦について話しあう。すぐれた選手たちは、いつもそうしている。今日、選手を選んだのはジェイミーやアフマドじゃなくカイだったから、ぼくのチームにノアが入っていて、何度もゴールをきめる。ノアはしつっこく、**スライディングタックル、スライディングタックル、足をねらえ**ってどなってるから、**だまれ、だまれ、だまれ**っていいたい。もう聞くのをやめているると、カイもノアがどなりまくっているのにうんざりしたらしく、午前中どこにいたのかときいてきた。ちょっとだまって、ウソが口のなかに浮かんでくるのを感じたけど、ゴクンと飲みこむと、ウソは黒くしずみ、そのまま溶けていく。**弟のマックスが劇に出たから、見にいってたんだ**というと、ノアが顔をゆがめた。マックスの顔をまねしているつもりなんだ。**しゃべれないくせに、劇なんかやれるもんか**とノアはいい、マンガに出てくるハイエナそっくりの声で笑う。

アフマドとジェイミーが、またこぶしをにぎりしめたけど、ぼくはかまわずに話して、話して、話しつづけ、頭のなかの言葉や思いがどんどん口から流れだし、ぼくは、はじめて自分の言葉に耳をすました。**マックスはマックスの役で、先生の手を借りずに自分でマックスって名前を書いたボートに乗って、かいじゅうたちの島に行ったんだ、**と。それから、マックスがとちゅうで舞台をとびおりて、ぼくたちのところに来たけど、それはぼくたちのことがいちばんすきだからで、星でいっぱいの空に、マックスは手持ち花火で自分のイニシャルを書き、生まれてからはじめて言葉をしゃべり、でも、マックスは言葉じゃなくても千個もの方法でしゃべることができて、幸せなときはいつも顔で教えてくれ、ぼくなんかぜったいできないやりかたで、体でしゃべることができ、劇の役だって演じられて、口ではしゃべらなくても物語を語ることができ、ぼくたちといっしょにワイルドな荒野の丘をそりですべりおり、幸せなときは、まわりのひとたちまで信じられないくらい幸せにでき、世界が自分の知ってるものではなくなったときには猛烈に怒り、色や、音や、いつもとちがうことで百万本の矢に刺されたみたいに傷つくけど、肩をにぎられて魔法の歌を聞いたら、体のなかでブンブン怒っているミツバチや、頭のなかのスズメバチもおとなしくなり、マックスは星くずでできていて、ぼくはとってもじまんに思っている、と。

ぼくの弟はマックス、ぼくのじまんの弟だと、ぼくはくりかえした。何度も、何度も。

それから、ノアの前を去った。

20　15　7　5　20　8　5　18

together

いっしょ

ママが死んでから、百五十四日たった。ママなしですごした最初の学期の、最後の日がやってきた。明日、アフマドとジェイミーとぼくは、未開の荒野に行く。ぼくの新しい懐中電灯を使って、モールス信号を教える約束をしている。長くつけたり、短くつけたりして「—」や「・」を送れば、暗闇のなかでも秘密の暗号を交わせるから。

ヘイヴァリング先生がいったとおり、講堂に作ったファミリーツリーの森は、いろんな形や大きさの木でいっぱいになった。壁に貼った紙に描いた平たい木もあれば、紙粘土で立体的にこしらえて、ちゃんと立っている木もある。シリアルの箱や古いモップで作った木には、やぶいたポリ袋や、アルミフォイルや、ティッシュペーパーの葉っぱがついていて、かすかな風にひそひそとささやいている。

そこらじゅう家族でいっぱいで、みんな森のなかを歩きながら、ボール紙の枝から下がった本のなかに自分の名前や写真を見つけて、うれしそうに声をあげている。ノアがうつむいたまま、お母さんとお父さんのうしろをとぼとぼ歩いていた。ノアがそんなふうに歩くなんてびっくりだけど、お父さんのほうはおおまたでどんどん歩き、こんなところに来たくなかったというような、石みたいにかたい顔をしている。ジェイミーはお母さんにハグされていて、アフマドが作った木のまわりには、家族全員が集まっている。アフマドの木の枝には、キャンディの包み紙がかざられ、宝石みたいにかがやいている。

　ぼくとマークさんは、何日も、何日もかけてぼくの木を作った。**これは現代美術だぞ**と、マークさんはいった。**画廊にかざってもおかしくない芸術作品だ。じつに美しい。**マークさんの家に行って、あの二枚の絵と写真をならべて説明したとおりにできあがった。黄金比の絵と、渦巻銀河の写真だ。それから数字とアルファベットの、サイファーという暗号に、「・」と「―」。どれも、ぼくのだいすきな暗号だ。

　ふたりで家族の物語を糊でつけていった。絵筆、きらきら光る絵の具のチューブ、本、ポテトチップスの袋、サッカーボール、絵のついたプラスチックのカード、マックスがニールを描いた何枚ものキャンバス、暗号を書いた紙、Mおばあちゃんの故郷からとどいた何枚もの絵ハガキ、若かったころの、そして少し年とってからのママとパパの写真。そういうものを段ボール箱の全面に貼りつけ、幹をどんどん高くしていく。うちの車にも入らないし、もちろん屋根をあけてもマークさんの車には入りそうになかったから、学校の講堂で組み立てるしかなかった。

　いろんなものを糊づけしてから、らせん形の枝にして、インクみたいなブルーと黒で塗り、ポテトチップスのあき袋を切りぬいたちっちゃな星と、ぴかぴかのパイプで作った宇宙の渦巻をいくつもつけた。こうして渦巻銀河の木ができあがると、マークさんが、ぼくたちの宇宙の暗号にあっているかどうか、何度も測ってたしかめた。ぼくたちの家族がさざ波のようにゆれながら、果てしなく広い宇宙を映し、果てしなく広い宇宙が、ぼくたちの家族を映している。

　きのう、ヘイヴァリング先生は、どれだけおそくまで学校に残っていてもいいといってくれた。先生も自分のファミリーツリーを完成させているところで、**イザベル**とすごくきれいな、流れるような字で書いた小さな本をつるしていた。枝にピンで止められた名前の横には、×のかわりにちっちゃな銀色のハートがついている。ぼくがヘイヴァリング先生のために、ママのといっしょに作ったハートで、先生はぼくをだきよせ、骨がバキバキ鳴るほど強い力でぎゅっとしてくれた。

　ぼくのファミリーツリーは大きく枝を広げ、その枝からぼくたちの物語がすべて下がっている。マックスの枝には、ぼくたちの最高の写真がいちばん前についていて、マックスはぼくにぎゅっとだきつき、目はカメラに向けていないけど、写っていないなにかを見てゲラゲラ笑っている。ぼくも大笑いしている。

木の幹にたてかけてあるのは、ぼくたち家族の肖像画だ。

パパとMおばあちゃんが、ぼくのほうに歩いてくる。ふたりのあいだでぎゅっと手をつないでいるのはマックスだ。なんだか不安そうで、横目でそっとあたりを見ているけれど、ぼくに気がつくと、口が裂けるくらいにっこり笑う。ぼくは、大声でいった。

あれ、ぼくの弟だよ。

12　15　22　5

love

愛

　ぼくは十一歳、マックスはもうすぐ六歳。ぼくはマックスとパパといっしょに、床に寝そべっている。ぼくたちがかこんでいるのは、マックスがだいすきな、新しいおもちゃだ。明かりのつく観覧車のおもちゃで、ぼくとMおばあちゃんが買い物に行ったとき、世界一大きいおもちゃ屋で買ってきた。三人で観覧車をまわしたり、ときどき指でさわって、止めてしまったりする。回転がどんどん速くなると、色が渦巻いて、ぼおっとぼやけてくる。光がぱっと目に入り、まぶたの裏の残像を消そうとまばたきするけど、マックスのほうはじっと観覧車を見つめている。そして、ぼくのことも。シューッと声をあげると、マックスはクスクス笑いだし、またいっしょに観覧車を回転させ、ふたりの指がふれてしまう。ぼくが鼻をおさえると、マックスはぼくが教えたとおりにビーッピーッと音を出し、パパと三人で笑いころげる。

　ジェイミーのお兄さんとお父さんは、日曜の夜はかならずジェイミーといっしょにプレイステーションで死闘をくりひろげ、専用のテーブルとか一式を持っているけど、マックスとパパとぼくは、床に寝そべってビーッビーッとやったり、観覧車をくるくるまわしたり、いっしょにニールの散歩に行ったり、マックスの絵本を読んだり、映画を見たり、怒ったり、けんかしたり、それからけんかをすっかり忘れて、また同じことをくりかえしたりしている。パパはいま家で仕事をしていて、ときどきはぼくもパパを手伝い、パパはぼくの新しいコンピューターに新しい暗号を書くのを教えてくれる。マックスは、ぼくのロボットが回転したり、おどったりするのを手伝ってくれる。パパとぼくは、マックスとぼくがいっしょに遊べるゲームを作り、マックスが勝つときもあれば、ぼくが勝つときもある。ジェイミーの家と同じじゃないけど、そんなにちがってはいないし、欠けているものもない。パパもマックスもぼくも、ママのことを恋しいと思っているけど、もうぜったいに回転しながらばらばらになって、宇宙に消えていくようなことはない。

　マックスは、ひとりだけで遠い世界へ行くこともできれば、ぼくの横にちゃんといることもでき、指をパチンと鳴らすしゅんかんに、近くにいたり遠くに行ったりできる。観覧車を速く、もっと速くまわすと、マックスはパチパチ手をたたき、今日、いま、このしゅんかんにここに、ぼくといっしょにいて、もしひとりぼっちでボートに乗りこみ、かいじゅうたちのいるところに行ってしまっても、ぼくはマックスの暗号を解いて、連れもどすことができる。ぼくは、マックスのいちばんの存在で、ノアの前で勇気を出せなかったり、公園で年上の男の子たちと笑ったりしたフランクじゃなく、母親のいないかわいそうなフランクじゃなく、ばらばらにこわれてしまったなにかでもない。ぼくたちは、自分たちの渦巻銀河にいて、回転しながら宇宙に出ていき、みんなと同じように星くずでできている。ぼくたちを結びつけている暗号は、黄金比でも、数字でも、トントンと打つ信号でもなく、もっと大きくて、もっとすばらしくて、もっとむずかしくて、もっと謎に満ちて美しいものだ。観覧車のやわらかく光っている車輪越しに、今度はわざと手をのばして、マックスの指にふれた。永遠に思えるほど昔、ぼくが五歳のころママがいったことは正しかった。マックスは新しくて、だれもマックスのことはわからないって。

ぼくはフランク、この子はマックス。

ぼくの弟。

そして、ぼくがだいすきで、なにより大事なのは、マックス、おまえだよ。

もしも愛するひとたちが住んでいなかったら、
宇宙（うちゅう）はそれほど意味のあるところではない。
――スティーヴン・ホーキング

訳者あとがき

こだまともこ

フランクは十歳、マックスは五歳。フランクは小学校の六年生になったところですが、自閉スペクトラム症のマックスは、フランクとは別の学校に通っています。マックスは生まれてから一度も言葉をしゃべらず、いつも両手をパタパタさせ、かんしゃくを起こすと溶けてしまい、きげんのいいときは鳥みたいな大声を出すので、フランクは学校の友だちにも弟だと思われたくありません。そのうえ、自分だけの特別なものをいっぱい持っているし、ママをひとりじめしているし、そのために画家だったママが絵を描けなくなり、疲れて青白い顔をしているのを見ると、憎いと思うことさえあります。そんな自分をはずかしいと思ったり、それでもがまんできずに感情を爆発させたりする毎日ですが、ある日とんでもない悲劇が一家を襲います。この物語は、その悲劇から一家が少しずつ立ち直り、強い絆で結ばれていくありさまを、暗号とサッカーと宇宙がだいすきな十歳の少年らしい言葉で語っています。

この本の作者、カチャ・ベーレンは、一九八九年にロンドンで生まれ、大学を卒業後大学院で自閉スペクトラム症の子どもたちの行動に物語などがあたえる影響について研究したのちに、特別支援学校などで働きました。また自閉スペクトラム症などのひとたちの芸術活動を支援するメインスプリング・アーツという団体を共同で立ちあげています。本書のマックスの学校や先生たちの描写は、作者の大学院での研究や、メインスプリング・アーツでの経験をもとにしたものでしょう。主人公のフランクは、弟のマックスについてさまざまなことを発見していきますが、それも作者自身が自閉スペクトラム症のひとたちと接するうちに発見し、感動したことと重なっているのにちがいありません。

本書は、作者の第一作で、すぐれたデビュー作にあたえられるブランフォード・ボウズ賞の最終候補に選ばれました。さらに第二作目の『わたしの名前はオクトーバー』（評論社刊、こだまともこ訳）によってカーネギー賞を受賞し、子どもたちが審査員となるシャドワーズ賞にも選ばれました。ほかに邦訳された作品として、『ブラックバードの歌』（あすなろ書房刊）、『ぼくの中にある光』（岩波書店）があります。英国の児童文学界に、目のさめるような登場を果たした作者は、以上の四作のほかにも、数々の作品を発表しつづけています。

作者は、「大胆で、勇敢で、ワイルドな子どもたちについて書くのがすき」と述べています。その言葉のとおり、本作でも、『わたしの名前はオクトーバー』でも、「ワイルド」という言葉がひんぱんに使われています。ワイルドというのは、ごぞんじのように「野生の」「荒涼とした」「激しい」「熱狂的な」「手に負えない」など、いろいろな意味を持つ形容詞です。父親とふたり、街から離れた森で自給自足の生活をする少女を描いた『わたしの名前はオクトーバー』で、わたしは「ワイルド」を「野生」と訳しましたが、本書では、「ワイルド」という言葉をそのまま使いました。主人公のフランクは、「ワイルドな荒野」で遊ぶのがすきで、ウサギを焚火で焼いて食らいつく野生の少年にあこがれていますが、弟のマックスとの関係が深まっていくにつれて、「ワイルド」という言葉が、生命の奥底にある、かがやかしくてウソのない力という意味に少しずつ変わっていくように思えたからです。弟のマックスが、モーリス・センダックの絵本『かいじゅうたちのいるところ』（冨山房刊）の同名の主人公に扮して舞台を縦横にかけまわる様子を描いた章は、本書のなかでも心をゆさぶられる場面のひとつですが、絵本のマックスが怒りをおさえることなくワイルドなかいじゅうの住む島に行き、ワイルドな大さわぎをしたのちに気持ちが静まり、だいすきなひとのもとに帰っていく姿は、まさに弟のマックスそのものです。「マックスはいつも、自分が喜んでいるのか、悲しいのか、怒っているのか、ちゃんと教えてくれるじゃないか。マックスが喜んでいるときは、ほんとに喜んでいて、ぜったいウソなんかじゃない」というフランクの言葉にも、自分をいつわらない、ワイルドな弟の姿をあらためて発見した主人公の気持ちがよくあらわれていると思います。

　また、『わたしの名前はオクトーバー』でもそうでしたが、作者は主人公をとりまくひとたちの姿を、実に生き生きと描いています。大親友のアフマドやジェイミーはもちろんのこと、大人の知恵と愛情をかねそなえたヘイヴァリング先生、Mおばあちゃん、おとなりのマークさん、アフマドのお母さん、アンジェリークさんとローダさん、さらには骨折したフランクが連れていかれた病院のお医者さん、看護師さんたちにいたるまで、読んでいるうちに、そのひとたちのあたたかい声が耳元で聞こえてくるような気がします。

この本を、フランクと同年代の子どもたちだけでなく、あらゆる世代の方々に、ぜひ読んでいただきたいと心から願っています。

カチャ・ベーレン　Katya Balen
イギリスの作家。大学で英文学を学び、現在は作家として、また障がいを持つアーティストを支援するメインスプリング・アーツのディレクターとしても活躍中。2020年、本書『ぼくたちは宇宙のなかで』で、すぐれた児童書のデビュー作に与えられるブランフォード・ボウズ賞候補に。二作目の『わたしの名前はオクトーバー』（評論社）で、2022年のカーネギー賞を受賞。ほかに『ブラックバードの歌』（あすなろ書房）など。

こだまともこ　Tomoko Kodama
出版社勤務を経て、児童文学の創作・翻訳にたずさわる。創作に『3じのおちゃにきてください』（福音館書店）、翻訳に『テディが宝石を見つけるまで』（あすなろ書房）、『月は、ぼくの友だち』『スモーキー山脈からの手紙』『天才ジョニーの秘密』『きみのいた森で』『トラからぬすんだ物語』『わたしの名前はオクトーバー』（以上評論社）などがある。

ぼくたちは宇宙のなかで
2024年11月10日　初版発行　2025年5月10日　2刷発行

♣ 著　者　カチャ・ベーレン
♣ 訳　者　こだまともこ
♣ 発行者　竹下晴信
♣ 発行所　株式会社評論社
〒162-0815　東京都新宿区筑土八幡町2-21
電話　営業 03-3260-9409
編集 03-3260-9403
♣ 印刷所　中央精版印刷株式会社
♣ 製本所　中央精版印刷株式会社

ISBN978-4-566-02485-4　NDC933　p.256　188㎜×128mm　https://www.hyoronsha.co.jp

テェ・ケラー作／こだまともこ訳

トラからぬすんだ物語

ハルモニ（おばあちゃん）の町にやってきたリリー。大きなトラが道路にねそべっていてビックリするが、トラが見えるのはリリーだけらしい。トラは、ハルモニが昔ぬすんだものをとりかえしにきたと言う。何とかハルモニを守りたいリリーが考えたことは……？

カチャ・ベーレン作／こだまともこ訳

わたしの名前はオクトーバー

父親とふたり、森の中で半自給自足の生活をしていたオクトーバー。「野生」であることに誇りを持っていたが、十一歳の誕生日に思わぬ事件が起き、「母親というひと」と都会で暮らすことになる。……少女が自分の居場所を見つけるまでを描く感動の物語。